JN195926

大観音の傾き

山野辺太郎

中央公論新社

大観音の傾き

東北の大きな街の丘のうえに、白くて異様に巨大なものがそびえ立っている。全身純白の大観音だ。そのすぐ近くまで、ついに修司はやってきた。

真正面に立って視線をゆっくり傾けてゆくと、ほとんど真上を見るくらいに至ったところで、ようやく巨像の顔に行き着いた。思わず、ため息が漏れる。こんなに近づいても、顔まではまだ遠い。ふっくらとしてつややかな頬の白さに、呆然と目を向けていた。

丘に立つ大観音は、ずっと離れたところからでもよく見えた。修司もこの街で暮らしはじめて以来、ときおり視界に姿を認めてきた。あるときは駅前の三十階を超すビルの展望台から、またあるときは古城の跡の青葉が茂る山のうえから、遠くを眺めていた折のことだ。ニュータウンの街並みと山林の入り交じる景色に少しも溶け込むことなく、真っ白に屹立(きつりつ)した存在が、違和感とともに目に飛び込んできたものだった。

いま、その姿が眼前にあり、朝の光を一身に受けて輝いている。右手に載せた宝の珠と、左手に持った水差しは、かなりの大きさながらも、巨大な像の手中にあってはほどよく収まっているようだった。まなざしは、はるかかなた、街の中心部のほうに向けられている。それでも、すぐそばにたたずむ自分もまた、見られている。目が合っていないのに純白のまなこに見つめ返されている。そんなふうに修司は感じた。

大観音が、傾いている？　みるみる傾きを増して、こちらへ倒れ込んでくる。その瞬間を想像し、思わず修司は目を閉じた。いまそうなったら我が身は助かるまい。まぶたをひらくと、大観音は穏やかな、少し無愛想にも見える顔をして、もとのままの位置に立っていた。傾いているのか、いないのか。確かなことはわからない。だからこそ確認が求められていた。

大きな姿を仰ぎ見ながら、コンクリートで固められた周囲の地面をゆっくりとめぐってゆく。衣をまとっていても体つきはうかがい知れた。腹のあたりがややまえに出て、肩が後ろに寄っていて、ゆるやかに屈曲している。あたかも人間そのもののような姿勢が、正面から横手にまわると、はっきり見て取れた。じつは大きな人間がじっと立っているのではないか。そんなことを思いつつ、左を向いた横顔に目をやっていた。ここへ来るまでは、まさか傾いているわけがない、と高をくくっていた。けれどこうして間近で眺めていると、ひょっとして、と少し不安になってくる。

大観音の背後へ歩いてゆく。背中が高くそびえ、肩から頭部にかけては頭巾で覆われていて、髪は見えない。ちぎれ雲の点々と浮かんだ春の空には、やわらかい青さがどこまでも広がっている。白い頭巾と衣をたどって視線を下ろしてゆくと、途中に小さな四角いくぼみがいくつかあって、窓なのだろうかと思われた。足元の台座もまた白く、蓮の花びらを模したらしいおうとつが刻まれている。台座と合わせて高さ百メートルに及ぶ大観音。修司の視線はふたたび背中を這いのぼり、空へと抜けた。巨像の後ろ姿が投げかける影のなかにたたずみながら、修司はふと、大観音の寂しさを思った。こんなに大きな姿で、ほかに並ぶ者もなく、ずっとここに一人で立っているのだ。

風に吹かれたわけでもないのだけれど、立ち尽くす自分の体がわずかばかり前後に揺らいでいるのを修司は感じた。絶えず重心がかすかに動いていて、行きすぎないように足が歯止めをかけている。体のなかで力と力がせめぎ合い、結果としてまっすぐ立っているのだと自覚した。目のまえの大観音も、そうなのだろうか。揺れているようには見えないけれど。

振り返ると、お寺の建物が目に留まる。軒先に垂れ下がった五色（ごしき）の幕が目立っていたものの、建物自体は直線的で簡素な造りのようだった。ここの主役である大観音の邪魔をしないよう、あえてそっけない建物にしてあるのかと思ったほどだ。

またゆっくりと歩いてゆく。さきほどとは逆方向から、右向きの横顔を眺める。衣に包まれた腕、脇腹、脚へと視線を移しつつ、修司はふと自問する。僕が生まれてから二十二年あまりのあいだに、これほどまでに誰かの体をじっくり見つめたことがあっただろうか、と。大観音のほうが修司よりも年上ではあるものの、この地に立ってからまだ三十年にはならなかった。

修司は正面に戻ってきた。大観音と修司のあいだには、石材に縁取りされた円形の一画があった。元来は人工の池だったのだろうけれど、いまは水が張られていない。その空っぽの池の左右に階段があり、池のへりをめぐるようにのぼっていって一ヶ所にかち合ったところで、真っ白な竜の顔の像が大きく口をあけている。何人もの人々をたやすく丸呑みにできそうなほどにひらかれたその口が、大観音の胎内への入口になっていた。竜は顔だけそとに突き出して、台座のなかにとぐろを巻いて身をひそめているかのようだった。

まだ開場には早かったけれど、さっきはいなかった人の姿が四人ほど、竜の口のまわりに見えた。いずれも老齢とおぼしき人々で、二人ずつ右と左に分かれ、竜の下あごに生えた牙を懸命に押している。修司は水の涸(か)れた池を隔てて、老人たちを慎重に見守っていた。

奇異な振る舞いだった。全員が白装束に身を包んでいたなら、その奇異さは完璧に近いものになっていたかもしれない。けれど彼らは散歩の途中にここへ立ち寄ったかのような普段着をまとい、ただ竜の牙を押すという行動だけがいささか見慣れぬものだった。そんなことで大観音の傾きが正せるものなのだろうか。もしも傾いていたらの話だけれど……。接近を試みるべきか。これは仕事なのだ、と心に言い聞かせる。

修司は池の右手にまわり込み、階段をそっと上がりはじめた。よいしょ、うんっ、とかすかに声が聞こえてくる。四人のうちの唯一の男性が、近づいてくる人の気配を察したらしく、牙に手をかけたまま顔を向けた。のぼりきったところで、修司は軽く頭を下げ、

「おはようございます」と声をかけた。

老人が牙から手を放し、縁なし眼鏡越しにけげんそうなまなざしを向けている。

「市役所の者です」と修司は言った。「新任の高村と申します」

何か了解したかのように老人が目を見ひらいた。修司は手にしていたカバンを腕に引っかけると、濃紺のスーツの襟元に手を差し入れて、内ポケットから名刺入れを取り出した。

「防災安全を担当しております」

新入職員として勤めだして初めて差し出す名刺に、修司はかすかな高揚を覚えた。老人は名刺を受け取ると、眼鏡の位置を片手でずらしながら文字を眺め、ふたたび修司に目を向けて、

「よろしく。わたし、岩田です。名刺は持ってませんけど、町内会長をやってます」と言ってから、「けっして怪しいもんじゃない」

と付け足して、照れ隠しのように笑顔を見せた。

「もちろんです」

修司は控えめに笑みを浮かべてうなずいた。わざわざ怪しくないと断る程度には、自分たちの振る舞いが怪しく見えるという自覚があるらしい。岩田と名乗った老人は、名刺をズボンのポケットにしまいつつ、

「前任の人……」とつぶやいた。「あれっ？　名前、なんていったかな」

「沢井ですか」

「あ、そうだそうだ。彼女は三年ぐらい、いたのかな。どこ行っちゃった？　辞めちゃった？」

「いえ、本庁に異動になりまして、入れ替わりにわたしが……」

「そうですか。じゃ、ええと……」

岩田はポケットからさっきの名刺を取り出すと、

「高村さん」と名前を確認し、「一緒に、竜の牙を押しましょうか」

そうきたか、と修司は思う。牙を押しつづける三人の老婆たちに、修司の視線が向けられた。一人はパーマをかけていて、もう一人はさっぱりとした短髪、さらにもう一人は髪を後ろで束ねている。幼児の背丈ほどの高さの牙に取りついて、腰を落とし、体重をかけるようにぐいぐいと押す。よいしょ。どっこいしょ。

「いや、それが……」と修司が口ごもると、

「スーツでも大丈夫だよ」と気安く岩田が応じた。

「わたしは職務上、押すわけには……」

「職務でなくて個人の行動として、やったらいいっちゃ。わたしらもボランティアだから。なっ？」

なっ？　と言われても……。

「まずは事実確認を進めてまいりますので、すみません」と修司は気弱に言った。

すると、パーマ頭の老婆が牙を抱えたまま振り向いた。その射るようなまなざしに、修司はたじろいだ。

「確認、確認って、そればっかり」と嘆くように老婆が言った。「いや、あんたは初めてなんだろうけども、お役人さんがた、みんなそうだ。精査しますなんて言って、なんにも話は進まねんださ」

短髪の老婆が口を挟んで、

「んだけど、まえに来てた沢井さん、あの子もついに牙を押してくれたっちゃ。思えばあれが最後だったか」

束ね髪の老婆も話に加わり、

「そんなことしたから異動になったんでねえの？」

その言葉に、修司以外の一同、どっと笑った。そうなのだろうか、と修司もいくらか信じかけつつ、皆の顔を見まわした。それから三人の老婆に、おみやげでも配るように名刺を手渡していった。受け取りながら名乗ってくれたところによると、パーマをかけているのが瀬戸、さっぱりとした短髪なのが及川（おいかわ）、髪を後ろで結わえているのが片倉とのことだった。

かつて古代中国の杞の国で、天が崩れ落ちてこないかという憂いにさいなまれ、眠ることもままならず、食事も喉を通らなくなった人がいたという。ここにつどった人たちには、それほどまでに憔悴した様子は見て取れなかったけれど、おのおのの胸のうちまではわからない。こうしてときおり集まるうちに、どこか親睦会めいたなごやかさが生じてきているのだろうか。

「どうもお邪魔しました。続けてくださいよ」と修司は言った。

「これに懲りずに、また来てくださいよ」と町内会長の岩田が応じた。「今度、わたしも出張所に行きますから。所長さんによろしく」

あいさつを交わすと、修司は大口をあけた竜の形をした入口を離れ、もと来た階段をくだっていった。そして空っぽの池の向こうにまわり、大観音を仰ぎ見た。

観音様、あなたは傾いていらっしゃるのですか。

本人に直接尋ねてみたいような気がした。どうかしっかりと安定して立っていられますように、と願いながら手を合わせ、目を閉じた。特段の信心というほどのものはなく、ほとんど慣習的な身振りにすぎなかったけれど、きちんとあいさつはしておきたかった。足元の竜の牙をいくら押したところで、どれほどの効き目があるのかわからない。ましてただ心に願ってみたところで……。

ゆらり、と自分の体がまえに傾きかけるのをつま先で食い止めながら、まぶたをひらく。視界には、こちらをじっと注視する四人の老人たちの姿があった。岩田が手を振り、ほかの三人も手を振りだした。見られてしまった、と気恥ずかしさを覚えつつ、修司は小さく手を振り返すと、足早に立ち去った。


大観音のそびえる丘から少しくだったところにショッピングモールの建物があった。その陰に隠れるように、こぢんまりした平屋建ての出張所があり、市役所の業務の一部を扱っていた。半世紀ばかりまえに造成されたニュータウンの一角で、土地はふんだんにあり、駐車場は広かった。すでに出勤している職員たちの車が停まっていたけれど、修司はバス通勤だった。きょうはいつもより一つさきのバス停で降車して、大観音のまわりをめぐってから、歩いてここへ下りてきた。

出張所に入ると、奥の席に所長の内藤の姿が見えた。いったん自席に着いてカバンを置き、パソコンを起動してから、内藤のもとへ歩み寄って声をかけた。

「行ってきました」

内藤が、穏やかな表情の丸顔を修司のほうに向け、

「どうだった?」と尋ねた。

「ええ。大きいものだとは思っていましたが、真下から見上げると堂々たるものでした」

「初めてか」

「そうなんです。学生のころは遠目に見るばかりで」

「まあ、いつでも行けると思うとなかなか行かないものだからな。僕もここに赴任するまで近づいたことはなかったよ。ただ……」

内藤はためらったように間を置いてから、続けた。

「若いころ、気になっていた女友達がいて、彼女に思い切って言ったんだ。『あの大観音を見に行かないか』って。『いやだ、行きたくない』ってきっぱりと言われたよ。それから疎遠になってしまった。大観音ができたばかりのころで、もの珍しさもあったんだ。でも当時、耳に入ってくる評判ときたら、悪趣味だとか、不気味だとか、まがいものだとか、景観破壊だとか、迷惑施設だとか、散々な言われようだったっけ。見に行かないか、なんて言うんじゃなかった。だからね、そのあとでつき合いはじめた恋人には言わなかったよ。それが、いまのかみさんです」

記憶をたぐるように語ってから、内藤がふと目のまえの修司に視線を合わせ、

「何を話してたんだろう。僕のことはいいから、高村君の話を聞こう」

「わたしは、べつに……」

修司は戸惑いがちに目を伏せた。これまで遠くから大観音を見ていたとき、誰かと一緒だったことがあっただろうか。いつも一人だった気がする。大観音の寂しさは、僕の寂しさでもあるのだ、と修司は思う。

「べつにって、思い出話はしなくていいから。報告事項があるだろう」

「そうでした」と修司はふたたび顔を上げ、「大観音を目視しましたところ、傾きは確認できませんでした」

現地でいだいたかすかな不安が胸をよぎったけれど、確認できなかったことに違いはなかった。

「うん。それから?」

「入口付近で竜の牙を押している人たちが四人ほどいましたので、声をかけてきました」

「大観音の体を直接押し戻せたらいいんだが、ちっぽけな人間にできるのは、せいぜい足元の突起物を押してみることぐらい……。いまのは岩田さんの受け売りだ。岩田さんって、いた?」

「いらっしゃいました。町内会長の岩田さん。今度、出張所にお見えになるそうです」

「それはありがたいな。大事なお客さんだ」

　案外、皮肉でもなさそうな口調で内藤は言うと、

「ひととおり、きょうの報告書をまとめといて。前任者の書式を引き継いでもらえばいいから」

「その、前任者のことなんですが……」

「沢井さん？」

「はい。沢井さんは町内会のかたがたと一緒に竜の牙を押したそうですね」

「岩田さんがそんなことを言ったのか」

「ええ。沢井さんはそのせいで異動になったんですか」

　修司の問いかけに、内藤は苦笑いすると、

「そんなことで異動になるんだったら、よそに移りたいやつはみんな牙を押しに行くことになる。厳然たる計画に基づく定期的な人事異動の結果だよ。厳然たる計画なんてものが本当にあるのかどうか、僕はよく知らんのだけどね。そういうものがあるんだと思い込んでなきゃ、やりきれないじゃないか。いずれにしても高村君は

押しちゃいけないよ。この件に関して中立を保たなくちゃならない」

「はい」と修司はうなずいた。

席に戻るとパソコンを操作し、共有フォルダの奥深くにしまわれている報告書のフォルダに行き着いた。沢井とは完全な入れ違いで、直接に会ったことはなかったけれど、パソコン上のファイルと紙の書類を大量に引き継いでいた。

フォルダのなかに並んだ報告書ファイルをいくつかひらいて、中身を確かめてみる。ファイルは週に一度ぐらいのペースで作られており、目視では傾きを確認できず、という文言が毎回必ず記されていた。町内会の人々の参加者数には変動があり、沢井が担当となった当初、三年ほどまえには八人という記録があったものの、徐々に減少していってここ半年ほどはたいてい四人、たまに欠席があるのか三人のこともあった。これはちょっとグラフにまとめ直してみたい。そんな気がしたけれど、一人ひとりの心の動きは測りえないものではないかと思い直した。報告書の末尾には特記事項の欄があり、町内会長のコメントがあったりなかったりした。

もっとも新しいファイルをコピーしてひらくと、日付を更新し、報告者名を沢井香奈から高村修司に書き換え、町内会長が今度出張所を訪ねると語った旨、コメントを書き加えて保存した。地味な仕事だった。自分がやるべき仕事の大半を、あらかじめ沢井が片づけてくれているようなものだと感じた。
大観音がいよいよ傾きを増してきた、などと書かずに済むこと。何事もない日々の単調さを噛みしめることこそ、この仕事の内実なのだろう。沢井が作った最後の報告書では、特記事項は空欄となっていて、自分も一緒になって竜の牙を押したとは書かれていなかった。それは仕事ではなかった、ということなのか。

勤務を終えて出張所を出ると、日の暮れたあとの空が、かすかな残光を含んで灰色じみていた。修司はすぐとなりのショッピングモールに入った。ここにはまだ昼間の明るさがあった。歩いていると気分が浮き立ってくる。本屋がある。洋服屋がある。靴屋がある。おもちゃ屋がある。百円ショップがある。スーパーがある。フードコートがある。生きていくために必要なものは、ほとんどなんだって調達できそうな気がした。それゆえにこそ危険でもある、と修司は感じていた。近所に住みはじめたりしたら、自宅と職場とショッピングモールの小さな三角形のなかですべてが完結してしまうことになる。そんな環境は快適なようで息苦しくもあるだろう。だから学生時代からのアパートに住みつづけ、三角形の頂点のうちの一つは、ここからだいぶ距離のある街なかの住宅地に置いていた。

ショッピングモール内のスーパーに足を踏み入れた。豚のバラ肉、キャベツ、モヤシ、玉ネギ、豆腐、納豆、牛乳、食パン……。夕食と朝食のことを意識しながら、買い物かごに食材を入れてゆく。冷蔵庫のなかを思い浮かべて、足りないものはなかったかと考えてみる。イチゴジャムがなくなりそうだったことに気がついて、次はどれにしようかと迷ったすえに、ブルーベリージャムの瓶をかごに収めた。

会計を済ませ、通勤カバンから取り出したマイバッグを広げて食材を詰めると、ショッピングモールを出た。空は灰色からぐっと黒ずんで、星が出はじめていた。振り返ると、暗がりにうっすらと白く、大観音のたたずむ姿があった。

いつもより少し遠まわりになるけれど、見晴らしのいい峠を通るルートで帰ることにした。ショッピングモールからやや離れたバス停まで歩き、待っているとバスが来た。帰宅時間に街の中心部へと向かうバスは、多くの通勤客とは逆方向の動きになるのですいていた。しばらくは色彩に乏しいニュータウンの景色が続いて、車窓にぼんやりと修司は目を向けていた。

バスは沿道に木々の茂った山道に入ってゆく。やがて崖沿いに差しかかると、眺望がひらけた。修司は顔を窓に近寄せた。ふもとに広がる市街地の明かりが無数にまたたいている。遠くのほうに光のまばらな水田地帯が広がっていて、はるか遠く、光の途切れたさきにあるのは黒々とした海だった。

アパートに帰ってすぐ、台所に立った。炊飯器で米を炊き、フライパンで肉野菜炒めをこしらえる。豚肉が焦げかけて、ちょっとカリッとした食感になるのが修司は好きだった。ステンレスの小さな鍋で豆腐とワカメの味噌汁も作った。

テレビをつけるとプロ野球をやっていた。イーグルスの本拠地ゲームだった。中部地方で生まれたのち、父の転勤に伴って西へと転居してゆくなかで、まわりの風潮に感化されてドラゴンズからタイガースへと応援の軸足を移し、カープもちょっとだけ気にかけつつ過ごしてきた修司だった。大学に入って一転、東北の地に暮らすようになってからはあっさりとイーグルスに乗り換えた。リーグの違いがあるから、イーグルスが負けたときでも裏でドラゴンズかタイガースかカープのどこかが勝っていればよしと考えれば、勝率はかなりのものだった。

転勤族という種族の子として、定まった故郷がどこにもないことに、修司は一抹の寂しさをいだいてきた。市役所に勤めた以上、この地に腰をすえて長く暮らすつもりだった。だから、ひいきにするのはこの四チームで打ち止めにしようと思っていた。

食後に食器を洗いつつ、思わず修司はつぶやいていた。

「あの大観音を見に行かないか」

これは言ってはいけないことなのだろうか。いずれにしても、修司にはその言葉を言うべき相手がいなかった。誰かと親しい間柄になりたいと望みつつ、ずっとかなえられずにいた。学生時代に、いいなと思う人は何人かいたけれど、傷ついたり傷つけたりすることへの恐れもあったし、どうせ自分なんか駄目だと卑下する思いもあった。距離を縮めることができず、もしかして、と可能性の萌芽を感じたときにはむしろ自分のほうからとっさに遠ざかってしまったものだった。おのれへの自信がもてず、だから人に対して臆病になってしまう。そんな自分の弱さが身にしみて、苦しく感じる夜もある。変化を求める情念が、行き場を見いだせないまま胸の奥にくすぶっていた。

修司はきょう、初めて大観音を真下から見た。まだ胎内に入ってはいなかったけれど、あまりに大きく生まれた人間のような立ち姿、間近で眺めただけでも見応えがあった。いつかふさわしい相手に出会えたなら、見に行かないか、と誘ってみたい。そんな勇気をふるうことができたら……。修司は皿を洗う手を止めて、小さくため息をついた。

＊

わたしだって、つらいときがあるんださ。いつでも心安らかに、なんてわけにはいかねっちゃ。

ずいぶんと、いろんなことを言われてきた。ただ立ってるだけで目障りだとか、図体ばかりでかくて役立たずだとか。なして、ほいなこと言われねばなんねのや？そう思ってきたっちゃ。

だいぶ聞き流せるようになったんだ。少しは強くなってきたんだべか。それか、鈍くなってきたのかもわかんねな。

あの大観音ば見に行かねすか。

やんだ、行きたくね。

ほいで振られっちまったやろっこがいたんだとか。これもわたしの悪評紛々のせいだと思うと、なんとも申しわけのねえことだなや。八木山（やぎやま）のベニーランドさ行くべや、って誘ってたらどうだったったんだべ。いい返事がもらえて、夢がでっかくふくらんでたかもしれねっちゃ。

人々の心の平安を、ただひたむきに願っていられたらと思う。んだけど、いまのわたしにはなんだか少し、荷が重い。わたしを罵る人たちにも安らぎあれ！　なかなかそうやって願える心境には至らねのさ。

わたしの心の平安。まずはそこからではないかと思うんだ。わたし自身が穏やかになる。そんで、わたしと向き合う人々の心も穏やかになっていく。そんなふうにできたらいいべな。だけどもなかなか難しくて、ときどき心が揺らぐんだ。そんなに動じやすくてどうする、って自分でも思うっちゃ。

あれは、まがいものだよ。

いつか聞き流したはずの言葉が、不意に自分を責め立てるみたいに、心のなかさ浮かんでくるんだ。やっぱりわたしは強くなんかねんだっちゃ。どこか、痛みを感じる弱い心を失いたくねって思うところもあるんださ。

奈良の大仏様は座っていらっしゃるとか。なじょしてわたしは立ってるんだべか。遠くまで見わたすことができるように？　遠くからも目に留めてもらうことができるように？　きっと、そうなんだべ。そんで立ってるからこそ、風に吹かれて揺らいじまいそうな危なっかしさを引き受けねばなんねんだなや。

いつまでも立ってないで、お座りなさい。

誰もほいなこと言ってけねっちゃ。んでも、いいんだ。立ってるのがわたしの勤めなんだから。

もしもわたしが傾いてたって、踏ん張って、立ちつづけていたいなや。あたかも平然としてるかのように、踏みとどまってるつもりだ。もっともっと傾いて、そんでもここさ立っている。ほいな姿ばさらしてたら、あいつもがんばってるんだな、と感じてくれる人がいるかもしれねっちゃ。それよりも不安を感じる人が多くいたら、元も子もねんだけども。

足元で竜の牙を押す人たちがいる。不安の前衛とも呼ぶべき人々だ。あるんだかどうだかわかんね傾きば鋭く感じ取って、食い止めるべしって先頭に立って奮闘してる。本当に効果があるんだべか。わたしにも、わかんねのさ。んだけど押さずにはいられねんだべな。押すことで少しでも安らぎが生まれるんだば、そんでいいのかもしれねなや。

＊

出張所の机に向かってパソコンの画面に目をやりながら、修司はけさがた寝床で聞いた気がする不思議な声のことを思い出そうとしていた。いったい何をしゃべっていたのだろう。頭のなかで再現してみようとしたけれど、温かでぼんやりとした声の感触があるばかりで、言葉として像を結ぶことがなかった。

災害対応の備蓄品を市の施設に配備するための発注書面を作りかけていたところだった。つかのま止めていた手を動かして、キーボードで文字を打ち込んでいると、

「防災安全担当の高村さんは……」

と落ち着いた口調で話す男の声が聞こえてきた。直接自分に向けられた会話でなくても、そこに自分の名が含まれていると敏感に聞きつけてしまう。応答する女性職員の声も耳に入る。

声のするほうへ目を向けると、窓口に座った職員の向こうに、見知った顔と見知らぬ顔の老人二人連れが立っていた。職員がこちらへ振り返るのとほぼ同時に、修司は立ち上がった。近寄ってゆくと、見知ったほうの町内会長の岩田が気づいて片手を挙げた。縁なし眼鏡をかけた岩田はやや恰幅がよく、もう一人のほうは痩せていて黒い中折れ帽をかぶっていた。

「きょうは陳情に上がりました」と岩田がにこやかに言った。「所長さんと一緒に聞いていただけますか。所長さんがお忙しければ高村さんだけでも」

「ちょっとお待ちください」

新入りの自分では手に余りそうだ。あせりを覚えて奥の内藤の席まで行き、岩田の言葉を伝えた。

「ああ、そう」と内藤はうなずくと、「岩田さんがそう言うなら、高村君だけでも……」

「えっ」と修司はおびえつつ、「内藤さん、そんなに忙しいんですか」

「僕はね、いつもおんなじ話を聞いてるんだよ。大事な話ではあるんだけど……。いや、待てよ」と内藤はカウンターのほうに目をやって、「あの二人か。二人目のほうが気がかりだな」

内藤と修司、そして二人の老人が、片隅の相談スペースにあるテーブルを挟んで向かい合わせに座った。痩せたほうの老人は、脱いだ帽子を膝に載せ、

「佐久間です」と名乗った。

「所長さんはよくご存じでしょうけど、こちら、わたしの前任の会長です」

と岩田が、修司に向けて補足した。

「ずいぶんとご無沙汰しております」と内藤が愛想のよい笑顔で佐久間に語りかけた。「お変わりはありませんでしたか」

「いえいえ、ご覧のとおりで年々衰えていく一方ですよ。お迎えが来るまえにごあいさつにと思って、ついてきたんです。そちらこそ、変わりはないですか」

「はい、おかげさまで」

「それは何よりですけど、変わりはないって、対応も従来と変わらないってことだと困ってしまうんですがね」と佐久間がじっと内藤を見すえて言うと、ちらとわきに目を向けて、「じゃあ、会長のほうから話をしてもらいましょうか」

「では、あらためましてわたしから、まずは陳情書を」

そう言って岩田がカバンのなかから書面を一枚取り出し、テーブルのうえに置いた。

「毎度のことですが、内容はここに書いてあるとおりです。大観音の傾きにつきまして、早急に適切な是正措置を講じていただきたい、と」

内藤はしばし書面に視線を走らせると、

「趣旨は承りました」とうなずいてから、言葉を継いだ。「以前にもお伝えしたとおりで恐縮ですが、傾きにつきましては事実確認を続けているところです。このあたりは地盤が固く、そのうえに立つ大観音にいかなる傾きが生じているのか、いないのか。なにぶん民間の所有物ですから、我々のほうでも資料が不足しておりまして……。所有者側に、設計時の図面の提出を再三にわたって求めているんですが、なかなか進展がないというのが現状です」

「変わりはない、ってことですか」と佐久間がつぶやくように言った。

「よいお答えができず、申しわけなく存じます」と内藤が頭を下げて、「ただ、担当者は変わりました」と言い添えた。

「わたしですか」と修司はあわてて一同を見まわしてから、「がんばります」と告げた。

「あなたにもがんばってほしいけど、こっちもきょうはがんばりに来たんです」と佐久間が言った。「人生も残りわずか。いままで胸のうちに秘めてきた腹案を言いましょうか」

「お聞かせください」と、ややたじろいだように内藤が応じた。

佐久間は心持ち顔をまえに寄せると、いくぶん声をひそめて、

「爆破するんです、大観音を」

「ば……」と内藤が最初の一音を復唱し、続く言葉を失った。

「これは、実現可能な案ですよ」と佐久間が話を続けた。「爆破と言うと物騒ですが、要は解体の手段を言っているにすぎません。それしかないでしょう。倒れるか

もしれないのに、いつまでもあそこに立たせておくわけにはいきません。子供や孫の代のことを考えて申し上げてるんです。人が下敷きになったらどうしますか。倒れた勢いで吹っ飛んで、丘を滑り落ちてごらんなさい。あたりの家をどんどんなぎ倒していく。そんなことは観音様もお望みでないはずです。だから安全な手順を踏んで、人為的に解体する。いかがですか。わたしは本気で言ってるんですよ」

次第に熱を帯びていった佐久間の口調は、確かに本気の気迫に満ちていた。さらに佐久間が語りつづける。

「思い浮かべてみてください。解体のための準備を周到に進めて、ついにその日を迎えたときのこと。観音様の胎内のそこここにダイナマイトがしかけられています。あとはスイッチ一つです。不憫(ふびん)に思っちゃいけません。我々市民を守るためなんですから、観音様も本望でしょう。いいですか。思い浮かべてますか。押しますよ」

修司は心のうちに大観音を思い描いた。よく晴れた青空のもと、全身純白の巨大な像がそびえ立っている。泣いているのではないか。左右の目元にふくらんだ水のかたまりが、ふくよかな頬を滑ってしたたり落ちてゆく。手を動かして涙をぬぐうこともできずに、大観音はたたずんでいる。身じろぎ一つせず……。いや、かすかに震えているように見える。

いつしか工事用の白いヘルメットをかぶった修司が、大観音の真正面から少し離れた空き地に立っている。目のまえの折りたたみ机のうえに置かれた起爆装置。その黒いボタンに、右手の人差し指を載せている。修司の指もまた、小刻みに震えているようだった。あたりには無数の見物人たちが群れ集まって、巨大な像を見上げつつ、決定的な瞬間を待っていた。押したくない、と修司は思う。だが、これが仕事であるならば、押さなければならないのだろうか。

「スイッチ、オン」と佐久間が言って、「ドーン！」とにわかに鋭い声を発した。

土台のほうから灰色の煙が噴き上がる。足元、胴体、頭と、煙のなかに呑み込まれるように白い巨像が砕けて、沈み込んでゆく。想像のなかとはいえ、あらがうこともできずに黒いボタンを押してしまったことに苦い思いを修司はいだいた。

「いかがでしょう。知り合いに、建物の解体工事を請け負う会社をやってる者がいるんです」と佐久間がいくらか抑えた調子で言い足した。

「わたしも初めて聞く話です」と当惑したように岩田が言った。「佐久間さんとしてのお考えということかと思いますが、観音様を爆破するというのはいささか恐れ多いことではないでしょうか」

「そんなことはない」と佐久間が語気を強めた。「何を恐れることがある。恐れるんだったら、大観音がぶっ倒れることを恐れなさい。そのときがきてからでは遅いんです。おら、やんだ。立ってらんね。もう横になる。ごめんしてけろ、って観音様も思ってるべさ。んでねが」

「なるほど、お考えはわかります」となだめるように話を受けて、岩田が続けた。

「ですから町内会の我々も、傾きの是正のため、微力ながらできるかぎりのことをしております。状況の打開のため、役所の力もお借りしたい。そう思っているんです」

「承知しました」

内藤はそう応じると、小さく息を一つ吐いてから、

「善処します。ねえ高村君、善処しよう」

「はい」と威勢よく修司は返事した。

陳情を受けた翌日、修司は大観音に出向いた。言葉だけでなく行動によって善処したいという気持ちがあった。水の涸れた池をまわり込んで階段を上がり、竜の口をかたどった入口のまえに立つ。意を決して牙のかたわらを通り抜け、喉の奥へと入っていった。

内部はほの暗く、天井が高かった。入って左に曲がったところに受付があり、係員の女が座っていた。

「こんにちは」と修司は声をかけて、名刺を差し出すと、「市役所の高村と申します。そこの出張所に勤めています」

係員は名刺を受け取りながら、

「新しくいらしたかたですか」

「はい、新入りです。ここの受付で川口さんというかたに話をするように、と聞いてまいりまして……」

名刺を受け取った当人が、

「わたしです」と応じた。

「あ、川口さん。よろしくお願いします」と修司は一礼した。

紺色の作務衣を着用しているためもあってか、川口にはひときわ落ち着いた印象があった。髪は肩よりうえで切りそろえられ、さきのほうがゆるく内側に巻いている。

川口はじっと修司を見すえると、

「ご用件は、図面ですか」

「そうです」と修司は話が早いのにいささか面食らいながら、「協力依頼書というのをお持ちしました。大観音が傾いていないことを確認するための資料として、設計時の図面をご提出いただきたいんです」

三つ折りにした書類を入れた封筒をカバンから取り出し、川口に渡した。

「では、住職に伝えておきます」

「住職は、図面をお持ちなんでしょうか」

川口は問い返すように修司を見つめると、

「さあ、どうでしょう。いままでずっと出てこなかったわけですから……」

「そうですか」

と修司は落胆をにじませながらつぶやくと、気を取り直して言葉を継いだ。

「それでも念のため探してみてくださるよう、お伝えください。何かちょっとした手がかりでもかまいません。新入りの高村からのお願いです。どうか」

そう言って修司は頭を下げた。担当者が変わったということが少しでも新たな刺激になればと思ったのだ。川口は苦笑いを浮かべつつ、

「わかりました。伝えます」と応答した。

用件を終えて少しほっとしながら、

「ところで、まだ大観音のなかをのぼったことがないんです」と修司は言った。

「ぜひ、ご覧になっていってください。五百円いただきます」

修司は五百円を払い、入場券ならぬ守護札を受け取った。

「行きはエレベーターで昇って、帰りにらせん階段をめぐってこられるといいですよ」

「頭のなかに行けるんですか」

「いいえ、胸までです」

うえに昇るまえに、一階の回廊をひとまわりした。平日の昼下がり、場内は閑散として、あたりにほかの客は見当たらなかった。壁際に、十二神将と呼ばれる大柄の像が点在している。いずれも赤茶に塗られた木彫りの像で、武者らしい装いをして髪を逆立たせ、見ひらかれたまなこには鋭い光が宿っていた。それと向かい合わせの壁際には、三十三観音が並んでいる。蓮華座のうえに座ったものや立ったものがあり、木材の淡い色をした像たちの背後には、色鮮やかな後光がかたどられていた。

一巡してエレベーターのそばまで来ると、ちょっとした展示コーナーがあった。大観音の開眼(かいげん)記念で地中深くに納められたタイムカプセルが、二十周年記念の際にらしい。

取り出されたという。その中身が、幾年にもわたってここに展示されつづけている

展示品は台のうえに無造作に並べられていた。カップラーメン、インスタントコーヒー、シーチキンの缶詰、ストッキング、電卓などは、いずれも未開封の品物のようだった。そして、七夕まつりのポスター、電話帳、地元の新聞、写真週刊誌、パチンコ雑誌、自動車のカタログ……。強いていうなら、むかしのテレビゲーム機とそのソフトが少し修司の目を惹くくらいのものだった。さして貴重なものとも思えない日常の品々を、三十年近くまえに封じ込め、二十年ほど経過してから封を解いてみたところ、いったい何が起こったというのだろう。

何も起こらなかったのだ。ありふれた品々は、やはりありふれた品々のままだった。

タイムカプセルが開けられたのは、「平成二十三年九月」のことだと貼り紙に書いてある。西暦でないのですぐにはぴんとこなかったけれど、換算すると二〇一一年の九月ということになる。八年まえの三月にあった大きな地震から半年ほど経ったころだと修司は思い至った。円筒形をした金属製のタイムカプセル本体も展示されていて、その表面にはピンク色の文字で「2012年へ」と記されていたから、

当初の予定よりも少し早めに地上へと引き上げられることになったのかもしれない。いずれにしても、あの地震の起こるはるか以前に封じ込められ、以後に開封された品々だった。そこにはくっきりとした時間の裂け目が刻み込まれているように思えた。変哲もない日々の暮らしこそが、貴重なものとしてここに並べられているのだろうか。とはいえ、単に片づける機会を逸したまま置き忘れられているようにも見えるほど、そっけない展示ぶりではあった。

修司はかつて学生のころ、震災に関するレポートを書こうとして、地震発生以降の新聞の縮刷版を、大学の図書館で読みつづけたことがあった。努めて冷静に事実を把握したうえで、あるべき復興の道筋について考えをめぐらせなければならなかったのだけれど、修司にはそれができなかった。なぜ、こんなことが起こってしまったのか。人々の生活の場を粉々に破壊し、幾多の命を奪い去っていった恐ろしい波のことを表す単語を、活字で見るだけでもつらくなってきた。波の去ったあとの荒涼とした土地に立ち尽くす人物のことを思い浮かべて、その人物は自分だと想像してみると、怒りと悲しみ、そして無力感の入り交じった感情が体中を駆けめぐり、机に向かったまま、ぐったりとして何も考えられなくなった。

それからかろうじてアパートに帰り着き、食事も摂らずに布団に横たわった。全身に重苦しいだるさが沈殿していた。このレポートは書けない、と修司は思った。受け止めようとした事柄に、心が追いついていなかった。どれほど想像してみたところで、自分が本当にあのとき、あの場所に立つことなどできはしない。それなのに、何を語ることができるのか。レポートで求められていたのは、そもそもそんなことではなかったのだろう。けれど、書かないということが、いまの自分にとってなしうる唯一の選択であるように思えた。翌日には激しい寒気を覚えて、晩には四十度の熱が出た。発熱は数日にわたって続き、そのあいだに幾度か、夢うつつのはざまで黒ずんだ冷たい水の渦に呑み込まれてゆくような息苦しさにさいなまれた。

あとで振り返ってみると、インフルエンザにかかっていたのではないかと思えた。けれど、地震後の記録を読むのに没頭したことと高熱のなかで苦しんだことは、けっして切り離せないひとかたまりの出来事として、修司の胸のうちに刻み込まれた。あるいは、二つの出来事がたまたま折り重なって生じただけなのだろうか。そうだとしても、たまたまその場に居合わせた、居合わせなかったというだけのことが、人の命や一生を左右することだってあるのだ。けっきょく、大学一年の冬にレポートが書かれることはなかったものの、この地に居着いて長く働くという心づもりが修司の胸のうちに芽生えた。何か大きなことをしようというのでもない。ただ、街に暮らす大勢のうちの一人として、平穏な日常の担い手になりたいと思った。

タイムカプセルの展示物のまえでしばらく足を止めていた修司は、ようやく歩きだした。エレベーターに乗り込むと、最上階の十二階のボタンを押した。上昇するスピードの速い割に階数の増えるペースはゆっくりで、十二階といっても通常のビルよりずっと高いところにあるのだろうと思われた。

到着すると、金色に輝く空間に出た。祭壇のようなものがあり、その奥に無色透明の大ぶりの珠が置かれていた。これはいったいなんだろう。修司は珠を見つめていた。ここが胸のあたりなのだとすると、観音様の心なのかもしれない。その透き通った心のなかに、修司の姿が小さくなって映し出されてはいないか。目をこらしてみたものの、距離があって、はっきりとはつかめなかった。この珠には世界の森羅万象、すべてが映っているけれど、その映っているものが僕には見えない、ということかもしれないと修司は思った。

金色の空間を出ると、壁際に小さな窓がくり抜かれていた。近づいてゆくと、そとの光景が一望できた。手前にはゴルフ場が広がり、その奥には住宅地と森が混在してまだら模様を織りなし、ずっと向こうには山々が連なっている。山のすぐうえに厚ぼったい雲がのしかかっていたけれど、その上空は晴れていた。

窓のそとをしばらく眺めてから、らせん階段の降り口に移った。吹き抜けになっていて、楕円状にゆったりと渦を巻いた階段がはるか下方へと続いている。一階分くだるごとに、吹き抜けのまんなかに突き出た展示用の空間があり、一つ一つ姿と名前の異なる純白の仏像が、数体ずつ安置されていた。阿弥陀如来は安らかな顔で座禅を組み、普賢菩薩は象に乗り、不動明王はいかめしい顔つきで刀をかまえ、帝釈天は微笑みを浮かべて立っていた。胎内をくだりつづけて百八体の像のまえを通り抜け、修司は地上へと戻ってきた。こうしてめぐってみたところで、傾きについては何もわからなかった。ただ、少しばかり心が落ち着いたような気がした。

幾多の仏像たちのなかには、五つの顔をもつような変わったものもあった。けれど、たいていは人間の姿かたちによく似ていた。歴史と由緒のある仏像であればまとっているであろうおごそかさ、それは多分に見る者の先入観によるところもあるのだろうけれど、そうしたものをここで感じることはなかった。胎内に並んでいた像たちはまだあまりにも若く、仏像ではありながら、人間の縮小模型のようなものにも思えた。その若き者たちにあっては、悟りの境地に至ろうとする道筋のなかで迷い、苦しむこともあったろうし、いまもまだ悩みを抱える者さえいるのではないか。

だとしたら、僕みたいな者とさほどの違いはないのかもしれない。僕はいま観音様の胎内を通り抜け、百九体目の存在としてこの地上に生まれ直したのではなかろうか。そんなことを修司は思い、にわかに信心が湧き起こったわけではなかったものの、仏像たちへの親しみは増した。

「ありがとうございました。また今度うかがいます」

修司は受付の川口に声をかけ、竜の口から出ていった。

退勤後に、ショッピングモールの書店に立ち寄った。さしたるあてもなく店内を歩いて、旅行ガイドの棚のまえで足を止めた。しばらく、国内の地名の記された背表紙を目で追っていた。すぐにどこかへ行こうというのでもない。今年の夏か、来年の夏でもいい、まとまった休みが取れたときに……。視線は海外の地名へと移っていった。タイのガイドブックをひらいてみると、金色の寝釈迦の像が目に入る。これなら倒れる心配をしなくてよさそうだ。いくつかのガイドブックを手に取ってページをめくってみては、写真を眺め、旅の予感を味わった。本屋は未来を売っている、と修司は思った。しかしまだ出発のときはさきであり、目的地を絞り込むにも至らず、どれも買わずに店を出た。

金曜日ゆえ、これから週末を迎えるという解放感が修司にはあった。自炊せずに食べて帰ろうと思った。昼休みによく使っているフードコートではなく、レストラン街のどこかの店に入るつもりでモールの通路を歩いていった。

タイ料理店のまえで足が止まった。なじみのない料理ではあったけれど、ついさっきガイドブックで見たばかりだ。興味はある。でも何を注文したらいいのだろう。ショーケースを眺めていると、

「あれっ、高村君?」

びくりとして振り返ると、内藤の姿があった。

「いまから食事?」

「そうなんです」と修司は答えた。

「僕もここに入ろうと思ったんだ。よかったらおごるけど」

仕事のあとで上司と二人きりで飯を食うというのはどこかおっくうな感じがしたけれど、おごりというのはありがたい気もして、

「え、いいんですか」

という言葉が口をついて出た。内藤が店に入ってゆき、修司もあとに続いた。シンハ・ビールで乾杯すると、空心菜の炒め物や、魚のすり身の揚げ物、エビ入りの

辛いスープなどが運ばれてきて、食べながら話をした。

「図面って、どこにあるんでしょうね」と修司が言った。「大観音の胎内に奉納されていたりはしないんでしょうか」

「さあ、どうかな」と内藤は口元に笑みを浮かべ、「あるとしたら、工事にかかわったどこかに残っているか。計画を取り仕切った大もとの会社は、いまはもうなくなってしまったけど……。我々としては、受けつけた陳情に対して、前例をふまえて慎重に手続きを進めていかなくちゃならない」

その前例というのが、図面の提出を求める協力依頼書として定着しているわけか、と修司は話を受け止めた。求められているのは、目的に対する最短経路を探すことではなく、その場に形成されているある種の習俗に適合し、儀礼を厳粛に執り行うことなのだろう。そう考えて、どこかもどかしいような感じをいだいた。けれど、もしかしたらその儀礼こそが本当に必要なことなのかもしれないのだと思い直した。

ビールに口をつけた内藤が、コップを置くと、

「岩田さんたちがああやって陳情に来てくれるから、助かってるんだよ」

「どうしてでしょう」

「大事な仕事をもたらしてくれてるんだ。僕らの出張所は、大観音の傾きと向き合

う最前線基地として位置づけられている。さもなきゃ、いつ取りつぶしにならないともかぎらない。ここのモールのなかに、証明書の自動交付機だけを置いておけばいいだろうっていう議論もある。僕としては、それは避けたい。いつも心配してるんだよ」

「そういうことですか……」と修司はつぶやき、内藤の言葉を咀嚼して、「自動交付機では傾きには対応できない、ってわけですね」

内藤はうなずくと、

「人間の職場を守りたい」と語気を強めた。「人工知能にだって仕事を奪われたくない。子供や孫の代までだ。無駄を省くという発想は、突き詰めていくと、いつか必ず自分たち自身を無駄なものとして見いだすという結論に至る。そうなってからでは手遅れだ。岩田さんたちには踏ん張ってもらいたい」

「でも、大観音の爆破には賛成しかねます」

はっきりとした口ぶりで修司は言った。起爆装置の黒いボタンを誰にも押してほしくはなかった。

「もちろんだよ」と内藤が応じた。「ああいうことを言う佐久間さんみたいな強硬派をなだめてくれてるのも岩田さんなんだ」

町内会長というのもずいぶんたいへんなのだな、と修司はその苦労に思いをいたした。不安を訴える人々の声を代弁し、強すぎる意見は抑え、おまけに出張所の存続にまで力を貸してくれているというのだ。一方で、岩田は役所に力を貸してほしいと言っていた。人間は互いに仕事を作り出すことにより、助け合って生きている。生きる必要のない機械などというものに、割って入る余地はない。僕は生きている側の一員なのだ。そう思って、修司は勢いよくビールを喉へと流し込んだ。

大観音の足元で口をあけた竜の像のまえに、四人の老人たちの姿が見える。そしてもう一人、先客がいた。グレーのスーツ姿の若い女が、老人たちと話している。修司はなんだかさきを越された気分になった。あの人、まるで二分後の僕みたいじゃないか。

修司は水の涸れた池のかたわらをまわり込み、階段をのぼりだす。

「……じゃあ、佐久間さんによろしくお伝えください」という女の声が聞こえた。

「わかった。またいらっしゃい」と応じたのは、町内会長の岩田のようだ。

佐久間さん、とは？　黒い中折れ帽をかぶって現れ、大観音の爆破を主張したあの長老のことではないか。修司はいぶかしく思った。こんなところへあいさつに来るのは、僕のような市の職員でなければ、いったい……。不吉な予感が胸をよぎる。階段を降りてきた女と目が合った。修司は思わず息をのむ。見ひらかれた相手の目に、どこか愛らしさを感じた。

「もしかして役所の……」と女から声をかけてきた。

「はい」と修司は返事して、「そこの出張所に勤めております」

「わたしも以前……」と女は言いかけて、「バスの時間が。今度ゆっくり。沢井です」

「高村です」と修司もあわてて手短に名乗った。

建物解体業者かと思いきや、そうではなかった。いままでただ名前を知っていて、書類上でお世話になるばかりだった前任者が、人間の姿かたちをとって目のまえに立っていた。

沢井は笑みを浮かべて軽く会釈すると、修司のかたわらを通り抜け、小走りに階段をくだってゆく。背中に少しかかるくらいの黒髪が、遠ざかりながらかすかに揺れている。その後ろ姿に修司は呆然と目を留めていた。

「なんだいきょうは、入れ替わり立ち替わり……」

声を聞いて振り返ると、階段のうえで岩田が苦笑いしていた。修司は残りの段を

のぼりきると、

「わたしも驚いてるんです。初めて会いました」

「後輩がちゃんと仕事してねえから、助けに来たって」

「えっ……」と修司は絶句した。

「いやいや、それは冗談だけども」と岩田は打ち消すように手を振ると、「ただ、心配になったみたいで」

「心配、ですか」

なぜだろう。僕の仕事ぶりがそれほどおぼつかなく見えるということか。内藤から何か聞いているのだろうか。そんなことを思って、修司は落ち着かない気持ちになった。

「大観音、粉々にされちゃうんでねえかって」

「ああ」

そっちのほうの心配か、と修司は納得しながら、

「それで佐久間さんのお名前が……」

「んだから」と岩田はうなずき、「佐久間のじいさんが余計なこと言うから、困ったもんだ。わたしら、平和的にやってるだけなのに……。大観音の傾き直し隊。む

かし、皆さんのグループの名前は何かあるんですかって沢井さんに訊かれて、誰かがそう答えたっけ」

牙を押していた老婆たちのうちの一人、瀬戸が手を休めて、

「あれは、及川さんでねかった?」と言った。

「んださ。及川さんだ」と片倉が同調した。

「そうだったかねえ」と及川がどこかなつかしむように応じた。「沢井さん、わたしらのグループ名まで気にして、まじめなんだ。思わず、いい加減に答えてしまった」

そう言って微笑むと、及川は続けた。

「うちの孫娘も、いまごろあんな感じだったかもしれないんだ」

「年頃、同じぐらいだった?」と瀬戸が問いかけた。

「んだあ」と言って及川はゆっくりとうなずくと、「沢井さんの歳、知らないけども、だいたいね」

「及川さんは岩手の、三陸海岸のどこだっけ、住んでたの。陸前高田だったか」と片倉が話しながら記憶をたぐり寄せてゆく。

「んだよ」と及川が応じた。「こっちさ泊まりに来てたんだ、わたし。次男坊のと

こに。そしたら帰るうちがなくなってしまった。津波で、流されて」

そう聞いて、不意に胸が強く脈打つのを修司は感じた。かつて経験した高熱の夢うつつのはざまで、水の渦に呑まれたように感じたときの息苦しさがよみがえってくる。及川が続けた。

「復興だって言って山を削った土で低いところを盛り上げて、そのうえに新しいピカピカの街が育ってる。みんなで暮らしてたころの思い出は、どこかに埋まってしまった。寂しいこと……」

静かにため息をこぼすと、及川は大観音のほうを見上げた。修司もその視線を追って、大観音のつややかな顔に目を向けた。

＊

わたしなんて粉々に砕け散ってしまえ。

そう思うこともあるんださ。

シルクロードのかなたで、崩れ去ってしまった石仏たち。ある者は長年の風雨に削られ、またある者は戦乱の渦中で無残に破壊され、姿を消したっちゃ。岩肌に、かつて自分がそこさ立ってたことを示すくぼみだけを残して……。わたしが崩れ去ったあとに残るのは、ただ青空だけだべな。

姿なんてつかのまのもの。いつか必ずなくなってしまう。形があってもなくても、けっきょくは同じこと。そうやって、自分に言い聞かせてるんだ。

んでも、わたしは思う。いつかなくなってしまうんだとしても、できるかぎりこの地さ踏ん張っていたい、と。

竜の牙を押す人たち。あの人々は、わたしの姿ば必要としてくれてるっちゃ。牙を押すことで、わたしの傾きが直るんだとか。そんで、人々の不安がやわらぐっていうんださ。

わたしがいねくなったら、どうなるんだべ。不安の源がなくなる？　きっと、そうでねんだ。わたしの姿が失われてしまったら、形もなく、押し戻すこともできね不安だけが、人々の心に残される。そうなってしまうのは、悲しいことだっちゃ。

観音という名のとおり、音を観ずることを勤めとし、悩める声を受けて助けにならねくては……。そんな気持ちがあるにはあるんだ。竜の牙を押しに来る人たちだけでねくてさ。わたしの姿ば目に留めて、安らぎを得たいと願うすべての人たちのために、わたしはここさ立ちつづけねばなんねのさ。

んだども、自分でわかってるんだ。わたしが無力だってこと。正真正銘のまがいものだってこと。

わたしは、なんにもできねかった。不意に襲ってきた災厄のなかで、誰も助けることができねかった。んだけど……。粉々に砕け散ってしまいたくもなるし、けっぱれって自分を励ましもするんだ。

あんなもの、土地開発で一山当てた経営者が、あり余る大金を投じてこしらえた巨大なコンクリートのかたまりでねえか。ほいな言葉も、もっとひどい言葉も、ここさ立った当初からずいぶん聞いてきた。わたしには、なんにも言い返すことができね。

たとえわたしが、おおかたの歓迎の声に包まれてここさ生まれ立ったわけでねかったとしても、ほいでどれほど力なき存在なんだとしても……。ひとたび生まれたからには静かに立ちつづけ、まなざしを向け、耳を澄ましているしかねんだっちゃ。ここが、わたしのふるさとなんだもの。たとえ誰にも、そうだと認めてもらえねかったとしても。

これからこの地に二百年、三百年と立っていて、歳月の塵が体に降り積もったなら、どうだべか。わたしもきっと、いまより少しは落ち着いた風格をまとってるんでねえのかや。その姿が、人々の心にいくばくかの安らぎをもたらすものかどうかもわかんね。ただ、そうなることを願って、わたしはここさ、長く立ちつづけていたいんだ。

*

大観音の入口に至る階段に、あふれるほどに人々が列をなしていた。こんなこともあるのかと、修司は珍しく感じつつ、列の最後尾に並んだ。晴天の日の午前中のことだった。若い人もいたものの、中高年が多く、男女入り交じってにぎやかに話をしている。おそらく団体客なのだろう。修司はいつでも来ることができるので、わざわざ混み合っているところへ突っ込んでいかなくてもよいのだけれど、せっかくだから様子をうかがってみたいという好奇心めいた思いもあった。

列をなす人々のさまざまな声が修司の耳に入ってくる。「これぞバブルの遺産だな」「むかしの金持ちはスケールがでかい」「設計を一ケタ間違ったんだろう」「どうしてこんなものを造っちゃったのかねえ……」騒がしい人々は次々に竜の口のなかに呑み込まれてゆき、修司があとに続いた。

まとめて支払いを済ませてあるのか、一人ひとり、受付で守護札を受け取っては足早に通り過ぎてゆく。最後に残った中年の男二人のうちの一人が、受付の川口に声をかけた。

「ちょっとうかがいたいことがあるんですが……」と言いかけて、修司のほうを振り向くと、「あ、後ろのかた、おさきにどうぞ」

「いえいえ、僕もちょっと、受付のかたに用事があるもんですから」

「そうでしたか。じゃあ、すいませんね」

男が川口のほうに向き直って尋ねた。

「さっきから僕ら、バスのなかで議論してたんですがね、奈良に大仏さんがいますでしょう。鎌倉にもいらっしゃいますね。一方で、ここに立ってるのは大観音さん。大仏さんと大観音さん、どう違うんでしょう」

カウンターの向こうに座った川口は、

「詳しいお答えはできかねますが」と前置きし、話しだした。「いまおっしゃったような大仏様というのは、悟りをひらかれたおかたです。そのようなかたを如来とも申します。一方、観音様は観世音菩薩といいまして、菩薩というのは悟りをひらいて仏となるようにご自身も修行されながら、人々を救いへと導こうとされているおかたです」

「なるほど。大仏さんはもう悟りをひらいていて、観音さんは修行中。そういうことですか」

「ええ」と川口はうなずいて、「ただ、修行中とはいいましても、かなり悟りに近いところまで至っていらっしゃるのだとは思います」と言い添えた。

「ほら」とかたわらでやりとりを聞いていた二人目の男が声をあげた。「俺の言ったことでだいたい合ってただろう」

本当に？と背後で修司はひそかに思った。大観音さんはかなり悟りに近いところまで至っているのだろうか。もっとずっと人間に近いところで悩んでいるのではあるまいか。そんなふうに思いつつ、いやいや自分に何がわかるものかと打ち消した。

一人目の男がきまり悪そうに、

「どうも、お騒がせしました」と話を締めくくろうとした。

「あ、ちょっと待って、もう一つ」とあわてて二人目が言い、「きょう、観音様を見ましてね、女性かとお見受けしたんですが、合ってますか」と問いかけた。

「そうですね」と川口が応じた。「ただ、観音様は人々をお救いになるために三十三もの姿をとって現れたといわれています。白い衣をまとった女性のこともあれば、男性であったり子供であったりもするんです」

つまりここの大観音は女性なのかと修司はいったん受け止めかけて、女性でも男性でもありうるし、限定されないということでもあるかととらえ直しながら、純白の立ち姿を思い浮かべていた。

「そうですか。だいたいわかりました」と質問した二人目の男が言うと、ちらとこちらを振り返り、「あ、次のかた、どうぞ」

二人連れが歩み去ると、修司がまえに進み出た。

「お客さんがずいぶんお見えになりましたね」

「ええ、物置メーカーさんの社員旅行だそうです」

「皆さん、うえに行かれるわけですね」

と修司は当然のことを言って、倒れなければいいんですけど、と続けかけた言葉は呑み込んだ。もしかしたら、ちょうど大丈夫なぎりぎりの人数で来ているのかもしれない。そもそも百人やそこらの重みで倒れるほど、やわな大観音でもないだろう。

「それで、こないだの協力依頼書の件なんですが……」と修司は用件を切り出した。

書類の自動交付機ではないのだから、手渡したあとを大事にしたいと思っていた。

「お待ちしていました」

川口が修司にまっすぐ目を向けてそう言った。

「えっ」

修司の顔に当惑交じりの笑みが浮かんだ。適当にあしらうような対応をされるものと覚悟していたのに、待たれていたとは予期せぬことだった。

「図面、出てきました?」

「いえ」

そっけない回答に、むしろ安堵を覚えてしまった。前任者から引き継いだ定型業務に引き戻されて、力が抜けたようだった。気長にしぶとく、続けてゆくしかないのだろう。

「ただ、住職から渡すようにと預かったものがあるんです」

そう聞いて、修司はにわかに緊張を覚えた。川口がメモ用紙を差し出した。そこに、人名と住所らしきものが記されている。

「このかたを訪ねてみてはどうか、とのことです。新入りのかたからのたっての依頼ということで、あらためて探してみたところ、過去にもらった年賀状のなかに思い当たるものがあった、と。この大観音の造立にかかわりのあるかたのようです」

「ありがとうございます。助かります」

修司は笑顔で礼を述べた。電話番号かメールアドレスが記してあればもっと助かったのに、と欲張ったことを思いつつ、出張所へと引き揚げた。

パソコンで住所を打ち込んで検索してみたものの、目的地の地図は表示されなかった。人名を入力してみても、手がかりは得られない。メモを持って内藤のところへ行くと、本日の成果を報告した。

「どれ、見せて？」

修司はメモを渡しながら、

「調べたんですけど、地図が出てこないんです」と言い添えた。

「花咲ヶ丘？」と内藤が町名を口にした。

「聞いたこと、あります？」

「あるよ」と内藤が答えた。「でも地図には載ってないよ。存在しないから」

「そうなんですか」と戸惑いながら修司が言った。

「ただ、計画としてはあったんだよ。花咲ヶ丘ニュータウンっていうのがね。錦ケ丘のもっと西のほう。駅だと愛子のさきの……、どこだったかな」

内藤は机の引き出しから、使い込まれた地図を取り出して広げると、最寄り駅を教えてくれた。山のなかを走るローカル線の途中駅。計画地のおおよその場所を内藤が人差し指で示して、小さく円を描いてみせた。そこにはただ、山地の等高線が引かれているばかりだった。

「どうしてこんな住所を……」と不審げに内藤がつぶやく。「正式に認可されてないのに、先走って使いはじめちゃったのかな」

「こちらのお名前に見覚えはありますか」

内藤はあらためてメモ書きに目を向けると、

「いや、とくに……」とそっけなく言いながら、修司に紙を返した。

修司の胸のうちで、事務仕事にいそしむよりも、見知らぬ場所をほっつき歩きたい気分が高まってきていた。事前に調べを尽くしてしまっては、わざわざ訪ねていかなくてもよい理由が見つかってしまうかもしれない。日常の業務のなかに混入したささやかな冒険の気配を逃したくはなかった。きょうは天気もいい。さっそく現地に出かけてみようと修司は思った。

その駅で降りたのは修司だけだった。銀色の車体に赤と緑の横縞の入った列車が遠ざかってゆく。

　無人の駅を出ると、単線の鉄路に併走する道をしばらく歩いて、踏切を越えた。山あいの土地に水田が広がり、植えられたばかりの苗の緑とともに、水面の白い光と底の土の色が目についた。十字路に出たところで立ち止まり、ポケットからスマートフォンを取り出すと、現在地の地図を見た。ここを直進して道なりに行けば、花咲ヶ丘ニュータウンの予定地付近へと至るはずだ。

　歩きつづけてのぼり坂に差しかかったころには、あたりは木立に包まれていた。ゆるやかに曲がりくねった道が続いた。本当にこの道でいいのだろうか。かすかな疑念が胸をよぎる。

　道のさきで、錆びついた鉄のチェーンが、二本の支柱のあいだに掛け渡されていた。そのため直進する道は阻まれていたけれど、もう一つ、斜め左にそれる道が延びている。さて、どちらへ行くべきか。スマートフォンの地図上では、すでに道から外れた山のなかに迷い込んでいた。

「このさき私道／整備不良につき／車両の通行禁止」

　チェーンに垂れ下がった札をじっと見つめているうちに、修司は気づいた。通行が禁止されているのは、車両だけではないか。人は通っていいのだろうか。これはちょっとした頓知の問題のようだ。

支柱と木立のはざまをすり抜けて、そのさきの道へと踏み込んだ。私道という言葉が心に引っかかってはいた。どこかの「ワタクシ」に見つかって叱り飛ばされはしないかと思うと、どぎまぎした。

坂道を歩いてカーブを曲がると、路面のひび割れが目立ってきた。確かにこれは整備不良だ、と修司は思った。森の木々は鬱蒼として、昼下がりの路上に影を落としていた。ひび割れからは草が生え、ときには若木がアスファルトを押しひらいて細い幹を伸ばしはじめているところさえあった。

道の傾斜がゆるんできた。またカーブに差しかかり、そこを越えると森が途切れて、視界がひらけた。

目を奪ったのは、無数の黄色い輝きだった。群れ咲くタンポポが、段々状に区切られたなだらかな傾斜地を覆い尽くすように広がっていた。そのなかに、かなりの距離を隔ててぽつりぽつりと家が建っている。道はマス目状に一帯を縦横に切り分けて走っているようだった。

最初に通りかかった濃いグレーの屋根の家のまえで、修司は立ち止まった。外壁は薄汚れ、敷地を囲う塀はないものの門柱はあり、かつて表札があったようなくぼみが残っていた。どうやら空き家らしい。念のためインターフォンのボタンを押してみたけれど、音の鳴った気配はない。

さらにいくらか歩いたところで足を止めた。次の家はまださきだった。見上げると、空はよく晴れていた。カバンからペットボトルのお茶を取り出し、喉を鳴らして何口か飲んだ。ほっと息を一つ吐くと、タンポポの茂った空き地に足を踏み入れ、道から少し離れたところで仰向けに横たわった。

草の香りが漂っていた。日差しがまぶしくて、目を閉じた。こんなところで何をしている？ と修司は自問した。タンポポの野原で、日なたぼっこをしているんじゃないか。それとも、昼寝か。ほんのひと休みだ。スマートフォンの目覚ましをセットしようか。ネクタイをゆるめたい。そんなことをぼんやりと思ったのだけれど、睡魔の到来は早く、手を動かす気力を失ったまま、修司は眠りに落ちていた。

目をひらいたとき、あたりは薄闇に包まれていた。そんなに寝たのか、と修司はたじろいだ。いっそ、このまま朝までここで……という怠惰な誘惑に駆られもした。けれど、だんだん目がさえてきた。

カバンを手にして立ち上がる。見まわすと、少し遠くに暖色の明かりのともった家が一軒あった。思いがけず、人のいる家が見つかった。眠りこけてしまったのも、結果的には一種の頓知だったのかもしれない。もう街灯がついていてもいい暗さだったけれど、電柱はただ黒い影として道端に並んでいるだけだった。

ゆるやかな坂道をのぼり、角を曲がった。あとは平坦な道を一直線に進むばかりだ。黙々と、光にたぐり寄せられるように歩いてゆく。

やがて修司は家のまえに立った。銀色の車が一台停まっている。家の正面は暗かったものの、側面から庭に向けて明かりが漏れていた。門柱に表札らしき黒っぽい金属板が埋め込まれていて、目をこらすと「AMANO」と浮き彫りになっている。ここなのか？　メモ用紙に書かれていた名前は、天野信男だった。一つ深呼吸をしてから、インターフォンのボタンを押した。室内で鳴った電子音がかすかに聞こえた。

「はい」

インターフォン越しに、愛想のない男の声がした。

「市役所から来ました。ちょっとお尋ねしたいことがありまして」

「こんな時間に……」

「すみません」

門柱に向かって修司は軽く頭を下げた。

「立ち退きの話ですか」と言った男の声にはトゲがあった。

「違います。人を探しておりまして、天野信男さんというかたなんですが」

「それは俺のことだけども」

「そうでしたか。あの、大観音のことでお話を……」

「何っ？」

と驚いた声に続いて、インターフォンの切れる音がした。あわただしい足音が聞こえてくる。玄関の扉がひらいた。だいだい色の光を背にして、人影が見える。

「こんばんは」

と修司は声をかけつつ近づいてゆく。立っていたのは白髪頭の老人だった。この人が天野さんか、と修司は思う。

「大観音が、どうしたって？」と天野が問いかける。

「傾いた、という懸念の声が……」

「傾いた？」

「いえいえ、付近の住民から相談がありまして、むしろ傾いていないようにも見えるんですが、調べるために図面を必要としているんです」

「図面……」と天野が復唱する。

「わたくし、大観音のそばの出張所からまいりました」

そう言って修司は手早く名刺を取り出すと、

「高村と申します」

天野は受け取った名刺を顔から遠ざけ、文字にピントを合わせている様子だった。

そしてふと顔を上げ、

「ま、上がって」と言った。

修司は天野のあとについて居間らしき部屋に入った。手前にソファーとローテーブル、奥にダイニングテーブルがあり、一人前のお碗や皿が並んでいた。

天野は手にしていた名刺を食卓の片隅に置くと、

「晩飯は？　まだだべ？」

「まだです」と正直に修司は答えた。

「いま、ちょうど食べようとしてたんだ。二日分作ってたから、高村さん、食べてったらいいっちゃ」

「いや、ええっと……」

修司の口から迷いを含んだ声がこぼれた。紛れもなくお腹はすいていた。

「俺はきょうの分でいいからさ。あしたの分、どうぞ召し上がってけさい。そこさ座って」

と声をかけると、天野は奥の台所へと引っ込んだ。修司は言われた席に腰を下ろした。向かいの席にはきょうの分の食事があった。ご飯に味噌汁、ホッケのひらき、里芋やニンジンやゴボウの入った煮物。

台所からお盆を手にして戻ってきた天野が、

「そしたら、とりあえず飲んでて」と言った。「冷やでいいべ？　熱燗にする？」

「あ、冷やで、いいです」と思わず修司は答えていた。

天野はお盆からとっくりとおちょこ、それにナスの漬物の小鉢と箸を卓上に置くと、

「たいしたもんはないけども、大観音からのお使いだもの、もてなさないと」と言って笑顔を見せた。

「恐れ入ります」

「魚焼いてるから」と言い残し、天野は台所に戻っていった。

僕が大観音の使者になるとは……。修司はなかば呆然としながら、箸で漬物をつまんで口に含んだ。やわらかい実から出てくる素材の味にほどよい塩気が入り交じ

り、皮の歯応えが快い。

テーブルのまわりには、椅子が五脚あった。そのうちの一脚は子供用の小さな椅子で、高さを何段階かに調節できるものだった。きょうは一人だったようだけれど、ここに最大五人がつどったこともあったのか。そんなことを思いつつ、修司は酒をちびちびと飲んでいた。

魚が焼けて、二人分の食事が卓上に並んだ。修司の向かいに座った天野は、おちょこに口をつけると、

「ここまで、どうやって来たの?」と尋ねた。

「電車です。駅からは、歩いてきました」と修司は言って、「そういえば、車両の通行禁止っていう札を見かけましたけど、ここって車は通れるんですか」

「通れるよ。札のついてるチェーンがかかってるときは通行禁止だけど、通るときにはチェーンを外すんだ」

「なるほど」

これもまた頓知か、と修司はひそかに感じ入った。

「それで、大観音の話だって?」と天野が尋ねる。

「そうなんです。何かご存じのことがあれば……」

「さっき台所に立ってあれこれ思い出してたんだ。あの大観音を発案したのは、俺の勤めてた会社の社長でね……」と天野が語りはじめた。

修司は相槌を打ちつつ、話に耳を傾けた。

天野によれば、社長は若いころには山師をやっていた。山師といってもいろんな意味があるけれど、社長の場合は山を買ってそこから材木を切り出して利益を出す、そんな仕事をする山師だった。それで値打ちのある山を見分ける勘が培われたものらしい。高度経済成長の時代を挟んで数十年、地域開発の会社を率いて山林を切りひらき、広大なニュータウンの造成に成功した。ゴルフ場も造った。集大成として企画されたのが、巨大な観音像だった。

社長が子供だったころ、それほど大きなものではなかったけれど、近所に千手観音像があってよく拝みに行っていた。それで観音様にはなじみがあった。生まれ育って、実業家として身を立てるに至った郷土への思いもひとしおだった。何かお返しできることはないか。そんなところから、観音像の構想が大きくふくらんでいった。

そのころはバブルの絶頂期で、建設に投じるだけの資金も用意できた。税金で持っていかれるくらいなら自分で選んだ使いみちに、という考えもあったかもしれない。すぐそばにホテルも建てている。できることなら人のたくさん集まる名所にしたい。そんな願いもあったけれど、これはあまりうまくいかなかった。遊園地を併設するという計画もあったので、そこまで実現できていたらどうだったか……。

「俺は大観音の事業を受け持つ課長でね、図面だったら何度も見てるよ」と天野が言った。

図面という言葉が出てきたので、修司はひときわ話に耳をそばだてた。

「会社では大観音の図面を見て、帰宅したら家の図面を見て。この家のほうが少しさきに建ったんだけど」

「花咲ヶ丘も、天野さんの勤めていた会社で造成したんですか」と修司が尋ねた。

「いや、そうでねっちゃ」と天野は首を横に振り、酒を一口飲んでから話を続けた。

天野はただ客としてこの土地を買い、家を建てた。正確にいえば、この地に現れるはずだった未来の街のビジョンも含めて、買ったのだ。バブルの絶頂期とはいうものの、あとから振り返ってそう見えるのであって、そのころはいまが絶頂だなんて思っておらず、この調子でずっと昇りっぱなしなのではないかと感じていた。投機目的で手を出した人も少なからずいて、なかには東京に住んでいて現地を見ることなく買った投資家たちもいたらしい。

「もちろん俺みたいに、未来のこの街のにぎわいと、そこでの暮らしに期待して買った人だっていたんださ。だまさったのは俺だけでねえ、なんてことを言いたいわけでねんだ。ただ、絶頂には終わりがあった、ということなんだ」

そう言うと、天野は里芋を箸でつまんで口に運んだ。修司はゴボウを口にして、硬い繊維の隙間から染み出る煮汁のうま味を嚙みしめた。

「さっきちらりと聞きましたけど、市役所から立ち退きの話というのもあったんですか」

「ひと事みたいに言うけど、自分の勤め先だべ？」

「そうですけど、新入りなので……」

天野は苦笑すると、語りはじめた。もともとは天野のほうから、このへんの道路を市で引き取って管理してもらえないか、という相談をしに行ったのだ。造成が完了したところで業者から市に譲り渡す計画だったはずなのに、業者が倒産して宙に浮いたままになっていた。相談の返答は、調べてみますということだった。けれど、あとから訪ねてきた職員の話というのが、どうも勝手が違っていた。道路の引き取りどころか、街をたたむというプランの説明を始めたのだ。もう人口の増えつづける時代は終わって、これからはコンパクトシティーの時代なんです、とかなんとか……。

「お引き取り願ったよ。俺はね、けっして嫌々住んでるんでねんだ。ほかの人たちは不便さに嫌気が差して、あらかた去ってしまったけども」

「いまでもこの街に残っている人は、どのくらいいるんでしょうか」

「さて……。少なくとも、別荘代わりにたまに来るっていう人を知ってるっちゃ。んだけど、ここしばらく見かけねな。どうしてんだべ」と天野の言葉が最後に独り言の調子を帯びた。

「この家には……」と修司は尋ねかけて躊躇した。

「見てのとおり、俺一人」と天野が応じた。

住みはじめたころには、夫婦と娘の三人暮らしだった。娘が結婚して家を出たのち、夫婦二人で暮らしてきた。妻もこの寂しい土地を出たいという望みをもっていて、けんかになることもあった。それで、犬を飼うことになり、農家で生まれた雑種の子犬をもらってきた。犬も人数に数えてよければ、合わせて三人。犬が亡くなってしまって、また二人。その後、妻は山形の実家に行ったきりになってしまった。もともと向こうの親の面倒をみに行ったのだけれど、お見送りして、いまは妻も一人で暮らす。

「静枝さんっていうんだけどもね、実家の住み心地がいいようだ。あんたもここ引き払って、山形さ来たらいいいって言われてんださ」

天野はそう言って小さく笑うと、ホッケを箸でほぐしながら、

「高村さんは、どちらのご出身？」

よそ者だということは、口調に東北のなまりがあまりないところから、おそらく察しているのだろう。

「生まれたのは名古屋なんです」と修司は答えた。「それから父の仕事の都合で、奈良、大阪、岡山。そのあと大学でこっちに来ました」

八年まえの三月、どこにいたか、何年生だったか。ひょっとして訊かれるだろうかとさきまわりして、当時のことを思い起こした。

中学二年の終わりごろ、修司は大阪に住んでいた。もうすぐ岡山へ移ることになっていたけれど、まだ子供部屋の荷物を段ボール箱に詰めてはいなかった。三月十一日の午後、学校が早く終わって自宅に帰ってきていた。机に向かって宿題を片づけようとしてくたびれ、ベッドに身を投げ出していたときだった。東北からずっと離れた地にあって、ゆるやかではあったものの確かに揺れているのを修司は感じた。それほど大きな地震だとは思わず、起き出すことなく眠り込んでしまった。夕刻に

テレビをつけると、黒くふくれ上がった海水が陸地へとなだれ込んでくる光景が映し出された。

その後の引越はあらかじめ決まっていたことだった。一時は延期になるかという話も出たものの、いまキャンセルするといつ動けるかわからないということで予定どおり決行された。被災地に運ぶ救援物資を満載して東を目指した幾多のトラックとは逆方向に、自分たち一家の家財道具を積み込んだトラックは西へと走った。遠い場所からもっと遠い場所へと、何もできずに離れ去ってゆくような後ろめたさが心の底に残った。そのときの感覚もあって、のちにこの地へと引き寄せられることになったのかもしれない。

「ずいぶんとあちこち、渡り歩いてきたんだねえ」

と穏やかに天野が言って、とっくりを修司のおちょこに傾けながら、

「西のほうからはるばる、ようこそ」

確かに西のほうへと移っていったのち、修司は初めて自分の意志で進む向きを決め、一挙に東へと飛んできたのだ。おちょこに出てきたのが、残りのひとしずく、ふたしずくだけだったので、天野がとっくりを持って台所に引っ込んだ。あわただしく思い返していた過去のことを訊かれることはなく、修司は安堵を覚えた。それ

は語るには未整理で、あの途轍もない災厄をまえにしてはあまりにもささやかなことのように思えた。

酒を満たしたとっくりとともに、天野が戻ってきた。そして修司と自分のおちょこに順々にそそいだ。天野はとっくりを卓上に置くと、

「おととい、たまたま客間の布団を干したんだ」と言った。「もう何年もしまい込んでた。古い布団だけど、ものは確かなんださ。ちょうどよかった。高村さん、泊まっていったらいい」

「ああ……」

迷いをはらんだ声を修司は漏らした。酒に酔った足取りで、真っ暗な夜道を歩いて帰るのか。途中で野原に倒れ込んで眠ってしまうくらいだったら……。おちょこを手に取り、ぐいっと飲むと、

「よろしいんでしょうか」と修司は尋ねた。

天野は大きくうなずいて、

「ずっと、だあれも寝る人いねくて、布団も寂しがってた」と言って笑った。

食事を終えると、修司は風呂を浴びさせてもらった。借りもののパジャマを着て、

歯を磨いてから脱衣所を出た。居間のとなりの和室で、天野が押入から布団を下ろしていた。敷き布団の薄緑色の地に、菊のような花の絵柄がちりばめられていた。

「あ、すみません。僕、敷きます」

修司は歩み寄って布団のまえにかがみ込んだ。

「んだば、任せた。シーツ取ってくる」と言い置いて、天野が出ていった。

敷き布団を畳のうえに広げると、菊かと見えた柄はタンポポのようで、目立たないけれどところどころに綿毛も飛んでいた。けっきょくタンポポのうえで眠ることになるのか、と修司は思った。ふと室内を見まわして、古びた戸棚のうえに写真立てがあるのに目を留めた。ニス塗りのつやのある黄土色をした木の額に納まっているのは、一軒の家を背にした四名の人々と一匹の犬の集合写真だった。

背景に写っているのはクリーム色の壁にオレンジ色の洋瓦の家だった。修司が到着したときには薄暗くてよく見えなかったけれど、この家の昼間の姿かと思われた。二階の屋根のまわりに空の青さが写り込んでいた。家のまえ、一番左に立っているのは老齢の女性だった。そのとなりの女性と、一番右の男性とのあいだに挟まれて、小さな女の子がしゃがんでいる。その子の手前に座った茶色い犬は、柴犬の面影のある雑種のようだった。自身の毛皮に包まれた犬は別として、四人とも厚手のジャンパーで着ぶくれており、雪こそ積もっていないものの、空気の冷たさが察せられた。大人たちはカメラを意識して笑顔を見せ、犬さえも笑っているように見えたけれど、女の子だけはふくれっ面に近い無愛想な表情で、にらむような目をレンズのほうに向けている。

「写真、見てたのか」

背後から声をかけられて、修司は振り向いた。天野は手にしていた白いシーツを布団のうえに投げ置くと、カメラをかまえるような手つきをして、

「俺が撮ったんだ、その写真」

と言いつつ、見えないカメラのシャッターボタンを押した。

「そうだと思いました」と修司は微笑んだ。

天野は修司のとなりに並んで立つと、片手を写真に向けて差し出しながら、「こっちが静枝、娘の紗恵子、夫の雄作、それから孫の由衣子、この子はチロ」と紹介した。

修司が一人ひとりを見つめていると、写真のなかの人物たちもこちらを見つめ返してくるようだった。

「このとき、正月だった」と天野が語りだす。「由衣子がチロとすっかり仲よくな

って、帰りたくねってだだこねて。また今度来るべ、春になったらね、なんて紗恵子がなだめてたっけ。家は近くもないけど、同じ市内だからさ。またいつでも、って俺も思ってた。幼稚園を卒園して、春休みに来たらいいって。んだけど紗恵子と由衣子、行方知れずになってしまった。ピンク色のランドセル、みんなで買いに行ったやつ、砂のなかから見つかった。海のほうさ家があったんだ。立派な松林も、なくなってしまって……」

修司は無言でうなずいた。天野がふと我に返ったように、

「いまのは全部、余計なこと。高村さん、すまないね」

「いえ、そんな……」

話していただいて、ありがとうございます、という言葉が修司の心に浮かんで、声にはならなかった。

「ま、ゆっくり休んでけさい」

天野が修司の肩を軽く叩いて、部屋を出ていった。

修司はタンポポ柄の敷き布団にシーツをかぶせ、かけ布団を広げた。立ち上がって、蛍光灯のヒモを引こうとしてふと、写真のなかの人々と犬に目を向けた。手を合わせるかどうか迷ったすえ、思いとどまった。仏壇ではないのだ。生きている人

に向き合うように振る舞いたかった。きょうはここに泊まらせていただきます、と小声でつぶやき、軽く頭を下げた。ヒモを一回引くと、だいだい色の小さな明かりが残った。再度引くと闇が訪れ、修司は布団に潜り込んだ。

*

あのとき、足元で竜が揺らぎだすのを、わたしは感じたんださ。なじょした？落ち着いて。そう声をかけようとして、竜の体を支える地面が大きく揺れ動いてるんだと気がついた。金曜日の昼下がりのことだった。

胎内にいた数少ない人々は、とっさにしゃがみ込んで床に手をついたり、らせん階段の途中で手すりにしがみついたりした。長く続いた強い揺れが収まると、人々が不安そうに言葉を交わしながら階段をくだっていく。そのあと何度も揺れが繰り返されたっちゃ。

はるか遠くに、輝く海面が見えていた。海の様子がいつもと違うようだと感じたときには、大地の動きはつかのま鎮まっていた。黒ずんだ海水が、どこまでも厚みの続く高い壁となって進んでくる。港に、田んぼに、街並みに、覆いかぶさっていく。

わたしは海からずっと離れた丘のうえにいた。立ってることしかできねくて、ただ、見つめつづけていたんださ。動きたかった。んでも、ほんの一歩だって踏み出すことができねかった。

砕かれて水中に散った家があった。水に浮かんで押し流されていく車があった。まだ形をとどめている屋根が流れて、やがて沈んでいった。板切れにつかまった人。車のフロントガラスの向こうにいた人。幾人かのまなざしが一瞬、わたしのまなざしと重なりかけてすれ違い、水のなかさ消えていった。

濁流が去ったあと、家々の建材や家財道具のかけらが濡れた地面に散らばっていた。ビルの鋼鉄の柱がむき出しになって残っていた。ひしゃげた車が田んぼに転がっていた。波に押し込まれた船が地上に取り残されていた。瓦礫（がれき）のはざまに、命を失って横たわった人々の姿があった。

いつしか、雪が降り出していたっけな。白く小さな結晶が、静かに舞い散っていく。わたしの身を包んだ頭巾や衣に、冷たい雪がかぶさっていったっちゃ。

思い出すのもつらいことだけども、忘れることはできないし、忘れたくもねんだ。覚えておくということ。それが、わたしにかろうじてできることなのかもしれねっちゃ。誰かとともに、誰かの代わりに、記憶を心にしまっておくんだ。

ある朝、老婆が一人、わたしを見上げて悲しげに何かをつぶやいていたんださ。

わたしは彼女の声に耳を澄ましました。

あんた、なんにもできねかったんだな。あんとき、なんにも……。

その言葉は、わたしに投げかけられたものだと感じた。それとも、彼女自身に向けられたものでもあったんだべか。さらに、声が聞こえてきた。

抱きしめてやりてえなあ……。できねんだなあ……。

わたしも、目のまえの彼女を抱きしめてやりたいと思った。んでも、それさえもできねかった。彼女はわたしに目を向けながら、わたしではない誰かのことを思い浮かべていたんでねえのかや。その誰かを抱きしめることも、彼女にはできねかったんだべな。お互いになんにもできないまま、わたしたちは見つめ合っていたんださ。


世を去った人々の成仏を、わたしは静かに祈るっちゃ。生きとし生けるものは皆、仏となる性質を宿す。わたしよりもさきに、彼らは仏となっていく。ひたすらに、そうあってほしいと願うばかりださ。いつの日か、わたしもあとを追いたいもんだ。

悟りの境地は、わたしにはまだ、ずっと遠いものに思える。心が苦しくなることもある。寂しさが募るときだってある。ときどき、悲しみの淵にとめどもなく沈み込んでいきそうになりながら、どうにか浮かび上がって平静な心持ちを取り戻す。そうしてわたしは尽きることのない揺らぎのなかにある。この世界に生きる者たちをみんな見送って、わたしはもっとも遅れて悟る者であってかまわねっちゃ。

＊

職場に着いて席に座ると、ノートパソコンをひらいた。朝、修司は天野家を出発し、黄色い花々の広がる光景のなかを通り抜け、ここへやってきた。これからきょうの仕事が始まるのだということが、なんだか妙なことのように感じられる。遠くの旅先から帰った直後のような高揚感と気だるさがあった。タンポポ柄の布団のうえで見た、くすんだ色調の夢。その記憶がかすかによみがえりかけて、つかみそこねた。


卓上の電話が鳴った。受話器を取って、出張所の名称を告げると、

「あっ、高村君ですか」と女性の声が聞こえた。

「はい、そうですが……」

誰だろう、といぶかしく思う。

「前任の沢井です」

「ああ、どうもどうも」と少し浮き立った調子で修司は応えた。

「内藤さん、いらっしゃいます？」

そうか、自分宛てではなかったか、と受け止めながら後ろを向くと、席に着いている内藤の姿が見えた。

「はい。代わりましょうか」

「お願いします」

修司は保留ボタンを押して内藤に声をかけると、パソコンに向き直った。背後から内藤の話し声が聞こえてくる。そちらに意識を傾けてみたものの、受話器の向こうの沢井の声まではとらえられなかった。

いくつか届いていた業務上のメールを一通ごとひらいて文面に目を走らせていると、

「図面、どうだった？」

と背後から話しかけられた。振り向くと内藤が立っていた。

「図面？」と修司は問い返した。

「出てこなかったか」

「ああ……」と修司は思い当たって、「その件ですが、天野さんにお会いすることはできました。それで図面のことをお尋ねしてみましたが、あるともないとも、おっしゃってなかった気がします」

「なんだ、はっきりしないのか」

「ええ。どうも別の話にそれてしまって……。また日を改めて、行ってみます」

「まあ、あせらなくてもいい。貴重な糸口がつかめたんだ。その糸を切らさないよう、慎重に進めてくれ」

「わかりました」と修司が答えた。

内藤はうなずくと、ふと思い出したように、

「そういえばきのう、高村君が出かけてるあいだに、建物解体を請け負う業者の人がさっそくあいさつに来た」

「どういうことです？」

「佐久間さんから紹介を受けたというんだよ」

修司はそう聞いて、黒い中折れ帽をかぶって痩せこけた老人の姿を思い起こした。

わたしは本気で言ってるんですよ、という佐久間の声がよみがえる。

「でも、まさか……」

「もちろん、まさかの話だよ。だけど、話を聞きもしないってわけにはいかない」

「大観音を爆破する、という話ですか」

「そうだ」と内藤はうなずいて、続けた。「仮に大観音が傾いていたとしよう。そしたら、あらゆる選択肢のうちの一つとして、想定しておかないわけにはいかないじゃないか」

「でも、内藤さんは爆破に賛成ではないのでは……」

「確かに。だけどいま、個人の見解を表明したってしょうがない。どうするのがもっとも安全なのか。好むと好まざるとにかかわらず、ひととおりの可能性を検討しておく必要がある。高村君が花咲ヶ丘に行ったのは、なぜか。行きたいからそうしたわけじゃないだろう。そんな正式に存在しないような場所に行くのは、いやでしかたなかった。でも仕事として必要だから行ったわけだ。それとおんなじことだよ」

　修司は思わず反発を覚えて、

「いいえ、わたしは行きたくて行きました」

「そうだとしてもだ。仮に行きたくなかったとしても、投げ出すわけにはいかなかかったろう」

「それはまあ……、そうですね」

何しろ仕事なのだから、と修司は自分で自分を納得させた。

「もしも図面が出てきたら」と内藤が言った。「傾きを調べる手がかりにもなるし、傾いていた場合の対応策を考えるための資料にもなる」

「まさか、爆弾をしかける場所を？」

「きのうの業者は図面を欲しがっていた」

「そんなことなら、図面を探さないほうがいいような気がしてきました」

「いま言ったばかりだろう。仕事として必要なことなんだ。高村君がやらなければ、別の誰かがやることになる。それは……、僕になるのか？　花咲ヶ丘に行ってこなくちゃならないだろうか」

「いえ、わたしが行ってきます。わたしの仕事ですから」

わたしの仕事、と修司は言ってみたものの、組織のなかでまわってきた仕事であって、手を放してしまえばすぐに自分の仕事ではなくなってしまうのだという予感があった。だからこそ、容易に手放したくはなかった。

「じゃあ、引き続き頼んだよ。じつは花咲ヶ丘にはちょっと興味があったんだけど」

内藤はそう言って微笑むと、自席に戻っていった。

花咲ヶ丘への二度目の訪問のとき、修司は途中で昼寝をしなかった。タンポポは相変わらず鮮やかに咲いていた。家の場所がわかっていたので、迷うことなくたどり着いた。単純な道順だったし、オレンジ色の屋根が目印になった。

インターフォンを押すと、ぶっきらぼうな天野の声がした。修司が名乗ると、少し間があって、玄関のドアがひらいた。修司は居間に通された。

「どれ、コーヒーいれっぺし」

と言って天野が台所へ出ていった。修司は一人、居間のソファーに残された。気をゆるめて、掃き出し窓のそとに広がる黄色と緑の風景にぼんやりと目を向けていると、

「よかったら豆挽いてけねか」

天野が台所から顔を出し、手招きしながらそう言った。修司は台所に立った。

手動のコーヒーミルで豆を挽くというのは初めてのことだった。木製の土台のうえに、金属のお碗型のくぼみがついている。そこに焦げ茶色の豆をそそぎ込む。ミ

ルのてっぺんについた取っ手をつかんでまわそうとすると、硬い豆の抵抗感が手に返ってくる。それを押しきり、片手で円を描くように取っ手をまわしてゆくと、豆の砕かれる音が鈍く響いた。

修司のかたわらで湯を沸かしていた天野が、コンロの火を止めた。白い陶器のドリッパーに濾紙を敷き、コーヒーミルの底の引き出しにたまっていた粉を入れると、天野は湯をかけて蒸らした。少しずつ湯が流し込まれて、深い色を帯びた液体が、耐熱ガラスのポットにしたたり落ちてゆく。修司がふだんいれているのはインスタントコーヒーだったから、こうして手間をかけてゆっくりとできあがってゆくのが珍しくて、ガラスポットにたまりつつあるコーヒーの表面に広がる波紋をじっと眺めていた。飲むまえから、すでにずいぶんとコーヒーのいい香りを嗅いでいた。

修司と天野は、居間のソファーに向かい合わせに腰を下ろした。いつもはカフェオレを好む修司も、このときは天野にならってブラックで飲んでみた。口に含むと、香ばしい苦みが熱とともに体に染み入ってくるようだった。コーヒーカップを受け皿に置くと、

「天野さん」と修司は言った。「図面のことなんですが……」

「あっ」とにわかに思い出したように天野が声を漏らして、「そうだった。あれか

らちょっと探したんだけどね。まだ探し足りないようだ。頭のなかにしまってあった図面なら、何枚も思い浮かぶんだけど」

そう聞いて、思わず修司は身を乗り出した。

「頭のなかには、あるんですね?」

天野がゆっくりとうなずいた。

「何枚も?」と修司が問いを重ねる。

「初期の案から、いろんなものがあってね。どれが着工時のものだったか……」

と言って天野は、頭のなかの図面を頼りに語りだす。当時、金ならあったのだ。大観音の事業を推し進めるうえで、豊富な資金を活かして何ができるか。計画にたずさわった設計士たちが競って案を出し合った。

大観音の地下の空間を核シェルターとして仕上げるというプランもあった。構想は実現可能性をわきに置いてふくれ上がり、三万人が二十年暮らせる規模のものを、となったときには地下都市の計画に近づいていた。だが、東西冷戦の緊張緩和が進むなかで地下都市計画は急速にしぼんでゆき、しまいには、十年ごとに掘り出す予定のタイムカプセル十個にまで収縮した。

竜のひそむ台座は、大観音の発射台でもあった。計画されていた遊園地のなかで、大観音にはただ突っ立っているだけでなく、もっとアクティブな役目を果たしてもらいたい。それで、遊覧飛行の機能を実装してはどうかという案が出た。当初は、まっすぐ上空に昇ってから、ふたたびもとの場所に降りてくる、というシンプルなもので、それさえ技術的なハードルは高かった。さらに検討を重ねるうちに横方向の動きも加わって、二つの発着拠点のあいだを行き来するという仕様へと発展した。もう一つの拠点として選ばれたのは、花咲ヶ丘ニュータウンの外れの高台だった。その土地の選定には、天野もたずさわっていた。

「うまくすれば、俺は大観音に乗って通勤ができたかもしれないんだが……」と言って天野はコーヒーをすすった。

操縦室は大観音の頭のなかにあった。行き先が決まっているので、操作方法は至って単純化されていた。赤いボタンを押す。それだけのことだった。

「そう簡単に飛べるはずもないんだけども、ほんとにボタン一つで飛んだら大したもんだ」

「操縦室のことも、図面に書いてあったんですか」と修司が尋ねた。

「実際に操縦用の機械を見たことがある」と天野が言った。「試作品だったたか、完成品だったたか。夢に現実の形を与えてみただけなのか。まだ頭のなかに設置されるまえだったけど、あのあと、どうなったのかや」

大観音の胎内で、タイムカプセルとその中身が展示されていたのを修司は思い出していた。あの日常の品々のとなりに、赤いボタンのついた機械が飾られていなかっただろうか。記憶をたどってみたけれど、そんなものはなかった気がした。

「この日本で、あれほどの大観音が建てられることは、もう二度とねんだべなあ」

どこか寂しげに天野は言った。一九八〇年代から九〇年代の初めにかけての十年ばかりのうちに、全国各地に巨大な仏像が次々と建てられ、そのほとんどが観音像だった。過熱する好景気のなかで、お金で買えないはずのもの、心の領域に属するものまでお金の力を借りて造り出してしまった。稀有な時代だったのかもしれない。そんなふうに天野は往時を振り返る。

「ここのニュータウンだって、あの時代の産物だった」

開発中だった花咲ヶ丘のことは、友人のそのまた知り合いから紹介された。できてまもない地下鉄の北の終着駅から、ずうっとこっちの西に向けて、南のほうに寄せながらモノレールを新設して、この街に終点の駅ができる。駅前にはショッピングセンターが建つ。首都機能移転の候補地とすべく有力政治家が動いている、なんていう話さえ耳にしたものだった。

「大観音のそばにモノレールの途中駅ができるって話もあったけど、それも幻に終わったっちゃ」と名残惜しげに天野が言った。

コーヒーを飲み干し、修司はまだ明るいうちに天野家をあとにした。あたりを散歩していってもよいかと天野に尋ねたところ、どうぞご自由に、とのことだった。わざわざ許可を得る必要もなかったのかもしれないけれど、どこか天野のことをこの一帯の領主のように感じていたのだ。

タンポポの野原を貫く道を、修司は歩きだした。黄色に輝く花に紛れて、白い綿毛をこんもりと生やしているものもあった。平坦に続く土地を一定の間隔で刻むようにコンクリートブロックが埋め込まれ、区画ごとの境界線をなしている。外壁がうっすらとすすけた家屋のまえを通り過ぎる。そしてまた、ブロックで区切られた土地が連なってゆくのを眺める。一度も栄えることなく衰退した都市の遺跡を歩いているのだと思えた。山奥の森のなかに置き忘れられた街の抜け殻。人間からタンポポへと引き継がれた街、というべきなのかもしれない。

道の片側には、ブロックで仕切られていない広大な土地がしばらく続いていた。大型の建物の予定地だったのだろうか。ショッピングセンターか、あるいはモノレールの駅か。道のもう片方の側に、前面の壁の大半がガラス張りになった家屋が建っていた。立ち止まってガラスに顔を近寄せてみると、暗がりの奥にカウンターがあり、その手前に丈の高い丸椅子が連なっているのが見えた。椅子は金属の一本脚で床に固定されているらしい。ガラスの壁際にテーブルと椅子が並んでいてもよさそうなところだけれど、運び込まれるまえか、あるいはつかの間並べられたあとで、夢は途絶えてしまったのだろうか。天野さんがここで喫茶店を始めてはどうかな、と修司は思った。けれどもどこから客が来るのか。カウンター席にぽつんと座る自分自身を修司は想像してみた。

ふたたび歩きだす。一つ一つの空き地に、建っていたかもしれない幻の建物がある。もしもバブル経済の絶頂が続いて街づくりが計画どおりに進んでいたなら、このあたりが駅前の繁華街になっていたのか。イタリアンレストランがあって、寿司屋があって、バーがあって……。生まれてこのかた、ずっとくだり坂の時代を過ごしてきた修司には、なつかしく感じられることはなかった。けれど、ありえたかもしれない街の姿を気ままに想像しながら、ぶらぶらと歩きつづけた。

角を曲がり、ゆるやかな坂道をくだってゆく。段差のある土地は不揃いな石を組み合わせた石垣で仕切られ、ひときわ遺跡めいた外観を呈していた。目には見えない住宅が建ち並ぶなか、ときおり実在の薄汚れた家屋のまえに出た。修司はつかのま足を止め、その家のたたずまいを眺めてから、また歩いていった。

タンポポだらけの住宅地の奥深くから、架空のモノレールの駅前のほうに目を向けた。視線は、実在しない高架上のプラットフォームを突っ切って、木々の緑に覆われた丘陵に突き当たる。その森に分け入ってゆく道ののぼり口らしきものが見えた。道の向こうに何があるのだろう。行ってみようと修司は思った。

透明な駅の裏手を歩いてゆくと、森の手前で舗装は途切れ、土の道が続いていた。木々のはざまを縫って、修司は黙々とのぼってゆく。鳥の鳴き交わす声が聞こえた。甲高い声。リズムがあって高低があって、言葉のようだと修司は感じた。

坂の尽きたところで、視界がひらけた。

花が咲いている。黄色いタンポポに交じって、青紫やだいだいや深紅のパンジー、濃いピンクに薄いピンクのペチュニア、白いヒナギクなどが咲き乱れ、丘のいただきの広場を覆っていた。じっと眺めていると、木立と崖のふちにかたどられておよそ円い形をした花園を左右に切り分けるように、人の行き来した跡らしき一本の線が見えてきた。なるべく花を踏まないように気をつけながら、その細道を歩いてゆき、修司はいただきのへりに立った。へりのさきには急勾配でくだる斜面があって、そのしたには森が続いている。

視線を遠方に向けてゆくと、森のはざまに住宅地が挟まり、住宅地のはざまに森が挟まる光景が広がっていた。かなたに白く屹立するものがあり、その姿を修司はじっと見つめた。

大観音が、あんなに小さく見える。右向きの横顔を見せて、静かにたたずんでいる。修司はそっと片手を前方に差し出してみた。豆粒ほどの大観音が、視界のなかで手のひらに載った。

出張所で修司は机に向かっていた。会議室から戻ってきた内藤が、かたわらを通り過ぎてゆく。あとに続いて歩いてきたのが、沢井だった。本庁からやってきて、内藤と何か打ち合わせをしていたようだ。修司はちらりと沢井に目を向け、軽く会釈した。

「高村君」と沢井が声をかけてきた。「お昼、お弁当持ってきてるの?」

「いや、そとで食べます」と修司は言うと、控えめな口調で、「もし、よかったら……」

「行きましょう」と沢井が応じた。

ショッピングモールの近くのイタリアンレストランに入った。沢井は何度か来たことがあるといらけれど、修司は初めてだった。窓際の席に、やわらかい光が差し込んできていた。沢井はアサリとキノコのオリーブオイルパスタ、修司はナスとベーコンのトマトソースを注文し、食事しながら話をした。

修司の近頃の仕事のことに話題が及んだ。大観音の建設にたずさわった天野のこと。そして天野の住む土地のこと。

「花咲ヶ丘っていうのは、存在しない街なんです」と修司は言った。「区画整理された土地があって、いくつか家は建ってるんですけど、人はほとんど、もしかしたら一人しか住んでないかもしれません。あとはひたすら空き地が広がっていて、一面にタンポポが生い茂ってるんです」

沢井はフォークを皿に置き、コップの水を飲むと、

「それに近い街を、いくつか歩いたかもしれない」とつぶやくように言った。

「いくつか……」

「かつて存在した街。失われてしまった街」

その言葉をあいまいなまま受け取って、修司は小さくうなずいた。そしてフォークに巻いたパスタを口に運んだ。トマトソースの酸味のなかに、かすかな甘みがにじんでいるのを感じた。

「休みの日に、ときどき海辺に出かけて歩いてるんだ」と沢井が言った。「ここに家があった。人が住んでいた。そんなことを想像しながら」

もう一度、修司はうなずく。かつて海辺にいくつか、いや、いくつもの街があったのだ。沢井が話を続けた。

「宮城に、岩手。あちこち歩いた。福島も、行ける範囲で……」

そういえば、沢井はどこの出身なのだろう。ふと気になったけれど、訊きづらくもあった。すると沢井のほうからそのことを口にした。

「生まれ育ったところは、双葉っていう街。原発の事故があったでしょう。その近く」

「ああ……」と修司は相槌ともつかない声を漏らした。

「ふるさとの土地は、自由に歩くこともできないんだ」

やるせない気持ちを押しとどめるように、微笑みさえ浮かべて沢井は言った。それからフォークに生白いパスタを巻きつけて、アサリとともに口元へと運んだ。修司もまたパスタを巻きながら、

「事故以来、ずっと……」

と問いかけるともなくつぶやいた。あれから八年あまりが経っている。

「一度だけ、一時立ち入りで行ったことがある」と沢井が応じた。「白い防護服に身を包んで、バスで向かった。かつて田んぼだった一帯をセイタカアワダチソウが覆って、黄色い花を咲かせていた。鮮やかすぎて、怖いほどだった」

「そうでしたか……」

と修司は言って、沢井が目にしたという光景をおぼろげに思い浮かべてみる。いつかどこかの空き地で見たことのあるセイタカアワダチソウの一群が、大地いっぱいに広がってゆく。ひょろ長くて丈夫な草が、あたり一面にみっしりと茂り、小さな花を穂のようにたくさんつけて、かすかに揺れている。その鮮烈な黄色が、脳裏で薄らいでゆく。修司が話しはじめた。

「僕は、父の転勤の都合で西日本を転々としていたので、はっきりとここが故郷っていえるような、強い結びつきのある土地がないんです。根無し草みたいなものかもしれないんですが、どこも少しずつ故郷なんじゃないか、って思ったりもします。ただ、震災の起こった少しあとで、たまたまなんですけど大阪から岡山に引っ越して、なんだかそれが遠くからもっと遠くへ逃げていったような感じがして、後ろ暗い思いがあったといいますか……」

「逃げることの何が悪いの？」

鋭い口調で沢井が言った。

「えっ……」と修司は言葉に詰まった。

「わたしたちだって、逃げるしかなかったんだ。原発で水素爆発が起こった。立ち向かうことなんてできなかった。県内で避難した人たちがいて、うちもそうだった。仮の町役場は埼玉県にできた。頼れるところのある人たちは、もっと遠くのほうにだって行った。どこへも逃げられなかった牛たちは、飢えて亡くなったり、痩せこけた野良牛になったり……」

せき立てられたように語った沢井は、気持ちを鎮めるようにゆっくりと息を吐くと、

「逃げるのは悪いことじゃない。そのことを言いたかっただけなのに……。ごめんね」

「こちらこそ……」

ふとした言葉が、相手の心の傷口をひらいてしまうことがある。あの災厄をめぐってはとくにそうだと修司は注意を払ってきたつもりだった。でも気づいたのだ。遠く離れたところにいた自分も、小さなものであったとしても、確かに傷を負っていたのだ。

沈黙が続きかけたところで、修司が話しだした。

「僕には少しずつの故郷しかありません。ただ、その気になればいつでも訪ねていくことができます。いつでも行けると思うから、なかなか行かないんですけど。だから、その……、自由に歩くことができないっていうのは、僕には想像することしかできないですけど、悲しいです」

伏し目がちに聞いていた沢井は、そっと視線を上げると、

「わたしもね、自分の故郷はもう、想像することしかできないんだ。黄色い花の咲き乱れる光景は、わたしの育った故郷じゃない」

修司はうなずき、続く言葉を待った。沢井の故郷のことを知りたいと思った。沢井はためらいがちに、けれど、なんとか話してみたいというふうに、とつとつと言葉を口にのぼせていった。

「壊れるはずのないものが壊れて、故郷だった場所は、透明なよごれをまとってしまった。でも、心のなかにはむかしの姿で残ってるんだ。それもだんだん薄れていって、消えてしまうんじゃないかっていう不安もあるけど……。ほこらみたいな神社のそばに、大きな杉の木が生えていた。子供のころ、そのあたりで友達とよく遊んだ。そんな風景が思い浮かぶ」

心に思い出がよみがえってきたのか、顔にかすかな笑みが浮かんだ。そして沢井は話を続けた。

「途切れてしまった常磐線も、いずれ復旧するはず。除染も進んで、また街に人が住めるときがくるかもしれない。両親はいま郡山にいるんだけど、暮らしも落ち着いてきたから、もう戻ることはないだろうって言ってる。わたしもきっと、ここで生きていくんだろうなあ。だけど、故郷の街が少しでも復活してくれたらっていう願いもあるよ」

修司は話を聞きながら、いつか自分も常磐線に乗って、その地を訪ねてみたいと感じていた。

食後のコーヒーを飲んでから、二人は店を出た。修司が視線をもたげると、のぼり坂のさきに、斜めまえを向いて立つ大観音の姿があった。

「沢井さん、知ってます？　大観音って空を飛べるみたいですよ」

「何それ」とけげんそうに沢井が言った。

「天野さんから聞いたんです。大観音の頭のなかに赤いボタンがあって、それを押すと飛ぶらしいです。花咲ヶ丘の花園に向かって……」

「そうなの？」

「もしかすると、大観音を建てた人たちが思い描いた夢の話だったのかもしれないですけど……」

「本当の話かもしれない」

と言って沢井は小さく笑った。それからふと、まじめな顔つきになって修司をじっと見つめると、

「大観音のこと、よろしくね。わたしも少し離れた場所で、気にかけているから」

修司はうなずきながら、

「わかりました」と応じた。

「それじゃあ」

と言い置いて、沢井が小走りに駆けてゆく。その後ろ姿に目を向けていると、ちょうどバスが近づいてくるところだった。無事に乗り込んだのを見届けたのち、修司は出張所へと戻っていった。


水のない円形の池の手前に立って、眼前に高々とそびえる大観音を見上げていた。見る場所によって伸縮自在、ずいぶんと大きさが違う。花咲ヶ丘の高台では、手のひらに載せて、そのまま手を丸めたらすっぽりと収まってしまうほどだったのに

……。

白くなめらかな体の表面をなぞりながら視線を下ろしてゆくと、入口になっている竜の口元に、四人の老人たちの姿があった。人数はいつもと一緒だったけれど、そのうちの一人がふだんとは違うメンバーに入れ替わっているのが気がかりだった。

階段を踏んで、修司は老人たちのもとへ近づいた。

「やあ、どうも」と声をかけてきたのは、町内会長の岩田だった。

「おはようございます」と修司は返した。

岩田の肩越しに、いつもと異なる老人の姿が見えた。佐久間さん、なのだろうか。このあいだのような黒い中折れ帽はかぶっておらず、白い髪の薄く生えた頭頂部をあらわにしていた。それからパーマ頭の瀬戸と、束ね髪の片倉の姿があった。

「及川さんはきょう、お休みですか」

「んだ。泊まりがけで岩手のほうさ行ってるんださ」と答えてくれたのは片倉だった。

一方、こちらの老人は……。修司の探るような視線を受けて、

「あんた、役所の若いもんか」

と探り返すように見つめながら言ったのは、やはり佐久間だった。

「このあいだは貴重なご提案をいただきまして……」と修司が言葉をかけた。

「何が貴重なもんか」と佐久間が苦々しげに応じた。

「先日、佐久間さんと一緒に、ここのお寺の住職にもごあいさつに行ったんですよ」と岩田が言った。「爆破だなんてとんでもないことで、と困惑していました」

「まあ、そりゃあ……」

と言いかけて、修司は語尾を濁した。岩田が話を続けた。

「住職はおっしゃいました。もしも傾くんでしたら、いっそピサの斜塔ぐらいまで傾いてくれたら、お客さんがたくさん訪れてくださるでしょうに、と」

「ずいぶんと落ち着き払って言ったもんだ」と不服げに佐久間がつぶやいた。

「ピサの斜塔にするんだば、傾きが大きくなるように反対側から押さねば」と瀬戸が口を挟むと、

「んだっちゃ」と片倉が賛同した。

「お坊さんの話はともかく」と、ふてくされたように佐久間が言った。「あの地震のとき、俺は家から飛び出して、観音様のお姿に目を向けていた。確かにあのとき傾いた。ずいぶん大きく……、五度ぐらいか」

「いやいや」と片倉が眉をひそめて、「及川さんは三十度ぐらいだって言ってたっ

け」

「本当ですか」と思わず修司は声をあげた。

岩田が表情をこわばらせ、静かな口調で、

「本当なんですよ」と言った。「少なくともわたしは信じています。いくつも証言を聞いてるんです」

修司が目をしばたたかせると、岩田が言葉を継いだ。

「観音様はあのとき、なんとかして駆け出したい、天を駆けて海まで行きたい、そう思ったことでしょう。押し寄せてくる冷たい水の壁のまえに立ちはだかりたい。みんなが逃げ込める避難所になりたい。でも、そんなことはできなかった。傾きはしたけれど、どうしてもまえに進めない。このままでは自分が倒れてしまう。それで懸命に踏ん張って、ふたたび体を起こしたんです」

そのあとを受けて、片倉が口をひらいた。

「こっちでも家のなかが滅茶苦茶になって、電気もガスも水道も電話も止まった。津波が去ったあとの浜辺にたくさん人が倒れてるって、ラジオのニュースが伝えていた。観音様は背が高いから、この場から目が届いて、どんなに無念だったべか。身を切られるほどつらくて、悲しかったべ」

つかのまの沈黙を挟んで、瀬戸が語りだす。

「わたしら、このあたりの住民は、ほとんど家が崩れたりもしなかったけど、それでも心に何かしらの亀裂が入った。語る資格もないくらいの、見えにくいひび割れ。それは直しきれないし、直せないまま、心に残しておかねばならない気がするんだ」

そう聞いて、修司は自分の身にも覚えがあることのように感じ、ゆっくりとうなずいた。

「俺には、わかんね」と佐久間が首を横に振る。「自分の心のことなんて、目に見えねえからさ。ただ、大観音にはほんの少しの傾きが残った。せめて倒れないうちに、と俺は思ったんだ。んだけど、爆破するっていくらかかんの、って高校生の孫っこに言われた。それで知り合いの業者に訊いてみたっけ、途方もない額を言っていた。お寺のほうでまかないきれねかったら、誰が払うんだべか。俺もそんなに持ってねえし……」

岩田がふと思い出したように、

「淡路島にも高さ百メートルの大観音があるんです」と話しだした。「あちらでもかつて震災がありましたけど、それにも耐えて立っていたものです。観に行ったことがあるんですが、いまでは持ち主不在で、台風を受けて脇腹に空いた穴も手当てされることなく、放置されていました。このままずっとほうっておかれて、朽ち果てていく姿をさらしつづけなければならないのか。どうにも気の毒になりました」

「気の毒といったら、岩田さんのところもたいへんでした」と片倉が言った。

「わたしですか」と岩田が問い返し、思い当たることがあったようにうなずくと、

「生まれ育ちが石巻でしたのでね。わたしの父が、津波から逃れられませんでした。もうすぐ九十になるかっていうところで、足腰も弱っていましたけど、たとえあと数年でも生きていてほしかったですよ。穏やかに、天寿を全うしてほしかった。最後の正月、帰省していればよかった。会って少しでもしゃべっていれば……。んだけど、さっきの瀬戸さんの言葉を借りれば、わたしのことは語る資格もないくらいのことだと思っています」

「そんなことはないですよ」と瀬戸が取りなすように言った。「わたしもつい、気の利かないことを言ってしまって……」

修司は無言で聞き入っていた。語ることへのためらいを、多くの人が抱えているのかもしれない。自分よりも深い傷を負った人たちがいる。そう思ったとき、慎み深く口を閉ざすことが適切な振る舞いなのだと感じられる。けれど本当は誰にでも

語る資格はあって、自分のなかで機が熟したとき、ふさわしい場が得られたときに、おのずと語り出してよいのではないか。ここは、声にならない声があちこちに伏在している街なのだ、と修司は思う。平穏な日常に復して久しいように見えるこの街の基層に、尋常ならざる時の記憶が静かに埋もれている。ふとしたはずみに、秘められた声が漏れ聞こえてくることがあるのだ。

「まあ、とにかく」と佐久間が語気を強めて、「爆破だなんだと俺は言ったが、金もかかるし、難しいんだべ。役所の沢井さんにも心配かけてるっていうからなあ。こうなれば大観音には、千年でもここさ立っていてもらうべし。俺もきょうはこうして、やれることをやりに来たんだ」

「佐久間さんに声をかけて、久々にお出まし願ったんです」と岩田が修司に向かって言い、少し小声になって続けた。「人数が奇数では、牙を押すのに左右のバランスが悪いのでね」

佐久間が修司を見すえて、

「あんたが来るなら、任せればよかったよ」

「いや」と岩田が打ち消して、「役所の人は、表立っては手伝わないことになってるんださ。ね、高村さん」

「はい。その……、公正中立の観点から……」

そう言いながら修司は、心苦しい思いがした。

「んでも、あの人」と佐久間が言った。「内藤さんだったか、彼は手伝ってくれたことがあったけどな」

「うちの所長ですか」

けげんに思って修司は尋ねた。

「それはね」と岩田が割って入って、「わざわざ有休を取って、来てくれたんです。内緒ですよ、なんて言って。ああ、いま、ばらしてしまった」

そう聞いて、皆と一緒に修司も笑った。

出張所に引き揚げてから、修司は報告がてら内藤に尋ねてみた。

「竜の牙を押すのを手伝ったことがあるそうですね」

自席に座っていた内藤は、かたわらに立つ修司を見上げると、

「一度だけね」と言った。「不安だったんだ。確かに傾いてるのかもしれない。そんな気がすることもある。それなのに、職務上の立場を盾に判断を引き延ばしつづけるだけでいいのかって。だから休みを取って、僕も押したよ。わたくし事としてね。相当な手応えだった。ちょっとやそっとじゃ、びくともしない。そう感じたよ。

あのとき正したのは、大観音の傾きじゃなくて、僕の心の傾きだったんだろうか。ときどき不安がぶり返してくると、あのときの感触を思い出す。大観音はびくともしない。それで、心をなだめてるんだ」

いままさに、そのときの感触を思い起こしているのか、内藤はやわらいだ顔つきで目を細めていた。

ある日の午後、修司は外出をした。出張所を発ってバスと電車を乗り継いで、そこからさきは徒歩だった。

森を抜けると、一面にタンポポの白い綿毛の球が広がっていた。修司はところどころひび割れたアスファルトの路面を歩いてゆく。そんなに頻繁に図面の催促に訪れるわけにもいかない。間を置いて花咲ヶ丘へやってきたら、野原の色がすっかり変わっていた。

綿毛を生やしたタンポポのなかにぽつんぽつんと、黄色い花を咲かせているのも交じっていた。空き家のかたわらを通り過ぎ、なだらかな坂道をのぼってゆく。

歩きながら修司はふと、わきを見た。以前、昼寝をしたのはここの空き地だったけれど、あのときは一面の花ざかりだった。綿毛の寝心地は、どんなものだろう……。

修司は道路からタンポポの野原に足を踏み入れた。このあいだと同じあたりで腰を下ろすと、靴を脱いだ。それから上体をタンポポの綿毛のあいだに沈め、手足を広げた。草の匂いが鼻腔に染み入ってくる。

上空に目を向けると、うっすらとした雲に覆われて、空の色が淡かった。静寂のなか、修司はゆっくりと息をしていた。

横殴りに風が吹きつけた。タンポポのやわらかい茎が揺らぐ。無数の小さな綿毛が、解き放たれていっせいに浮上する。空のほのかな青さのなかに、白い粒が点々とまぶされ、広がってゆく。飛び立った綿毛は、風が弱まったあともなお、ゆるやかに舞い上がりつづけていた。

雪だ。雪が、空に向かって吸い戻されてゆく。そんなふうに修司は思った。春が過ぎ、もうじき梅雨に入るだろうというころだった。季節外れの雪だと思いつつ、修司は浮遊する綿毛をぼんやりと目で追っていた。無数の命の種が、散り散りになって飛んでゆく。それは新たな命であるはずなのに、ふと、天に昇ってゆく命のように感じられ、名状しがたい悲しさが胸に込み上げてくる。そんな自身の感情に戸惑いながら、まぶたを閉じて心を鎮めようと努めた。そしてつかのまの眠りに引き込まれていった。

　風を感じて目覚めたとき、上空に漂うおびただしい綿毛があった。散り散りに……、もしかして僕も？　自分の体の所在さえ不確かに思えて、修司はあわてて上体を起こした。どうやら体は残っていたようだ。小さくため息をつき、仕事に戻ることにした。

　天野家のまえに着くと、門柱のインターフォンを押した。反応がない。もう一度押してしばらく待ってみたものの、家のなかで人の動く気配はなかった。

　銀色の車が停まっていたから、遠出はしていないはず。あるいは室内で眠り込んでいるか。しばらくあたりをぶらぶらしていようと修司は思った。

　段々状になった野原のところどころに家が建っている。視界をさえぎるものは少なく、一つところに立って注意深く見まわせば、この幻のニュータウンをほぼ一望することができた。修司の目に映るかぎりでは、路上を歩く天野の姿はなかった。もしかすると、天野もまたタンポポの綿毛に紛れて昼寝しているのではないか。そんなふうにも思って、左右の野原に目を向けながら歩いてゆく。

　はるばる海外まで旅に出なくても、ここにひそやかな旅先がある、と修司は思う。これだけ空き家があるのだから、民泊として貸し出したらどうだろう……と考えかけて、この静かな秘境を秘境のまま、そっとしておきたいと思い直した。

この地の一番の見どころは、高台の花園だろう。花咲ヶ丘のなかの花咲ヶ丘と呼んでもいい。修司は行ってみたくなり、舗装道路から土の道へと踏み込んだ。

日差しが森の木々にはばまれて、道は薄暗かった。修司は黙々と歩いてゆく。曲がりくねった道を抜けると、視界がひらけた。

広場に色とりどりの花が咲いている。修司の視線のさきには、花園のまんなかに立つ人の後ろ姿があった。じっと目を向けていると、その人がふと振り向いた。

「なんだ、来たのか」

そう声をかけてきたのは天野だった。無地のベージュのキャップをかぶり、首にタオルをかけている。修司は花園のなかの小道を歩いて天野に近づきながら、

「ここへは、よく来られるんですか」と尋ねた。

「仕事があってさ」と天野が答えた。

「仕事、ですか」

「庭仕事だよ。次の季節の種をまいてる。着陸のとき、目印になるように」

修司があたりを見まわすと、花々のあいだをゆらめくモンシロチョウの動きが目に入った。チョウは鮮やかな青紫のヤグルマギクにとまった。

「チョウチョの、着陸？」とおぼつかない口ぶりで修司が言った。

天野は小さく笑うと、

「大観音だ」と応じた。「空高くからでも、着地点はここだぞって伝わるようにさ」

「ああ、向こうからここまで……」

赤いボタンを押せばいいのだ、と修司は思い出していた。

「飛んでくると思うか」と天野が真顔になって尋ねた。

「見てみたいですけど……」とためらいがちに修司は答えた。

天野は首を横に振り、

「俺のしてることは、無駄な努力だ。んだけど、なんにもしないではいられねんださ。観音さんも、同じところでずっとお勤めを続けていてはお疲れだろう。いつでもこの山奥さ飛んできて、ひと休みなさるといい」

修司は天野の肩越しに、遠くへ目をやった。けれど天野の背後に隠れて、大観音は見えなかった。

「静枝は取り合ってくれなかった」と天野は言ってため息を漏らすと、言葉を継いだ。「なんでこんな誰も来ないような場所に花園なんて造んのやって、あきれてたっちゃ……。なしてこんなことしてんだべって、自分でも思うことはある。だけどさ、俺はあの観音さんの誕生にたずさわった。あのおかたは俺にとって、もう一人の娘なんださ」

もう一人の娘、という言葉を修司は心のうちで反芻しながら、

「一人目は、紗恵子さん……」と確かめるようにつぶやいた。

「んだ。紗恵子が子供のころには、ほとんどかまってもやれねかった。俺はただひたむきに、仕事に打ち込んでたらいいと思ってた。大人になった紗恵子が、家族連れでうちさ泊まりに来たとき、俺に言ったんだ。お父さんには褒められたことがない、って。夫の雄作君は、いまごろそんなこと言うかって、苦笑いしてたっけ。俺も笑ってごまかしたけど、その場で何か褒めてやったらよかった。いいところ、いっぱいあったんだ。いつも元気で、負けん気が強くて……、いや、これは褒めてねえなあ。なんにしても、もう何も言ってやることができね」

そう言って天野は、不意に心のうちに沸いた憤りを収めるかのようにうつむくと、ふと修司に背を向けて、花々のあいだの細道を歩きだした。修司が遠慮がちにあとを追う。二人は崖っぷちに並び立った。かなたに大観音の姿が小さく見えた。

「ここでさ、観音さんが何を思ってるか、ひょっとして声が聞こえてこねかと思って、耳を澄ましてみることがあるんだ」

「何か、聞こえますか」と修司は尋ねてみた。

「いいや、何も。鳥の声なら聞こえっけども」

修司は、背後の森からかすかに聞こえる鳥の鳴き声に耳を傾けた。風に吹かれて木の葉が揺れるささやかな音も聞こえてきた。

「ここさ立ってると、いろいろ思うことがある」と天野が語りだす。「平家物語にこんな話があったっけ。壇ノ浦の戦いで追い詰められた女の人がいて、胸に抱いた幼い人と一緒に、舟から飛び降りねばならなくなってしまった。いざ水に入るとき、こわがっている幼い人をなだめるように言ったんだ。波のしたにも都がありますって」

天野は自身に言い聞かせるように語りつづけた。

「波のしたにも都はあるんだ。俺の娘っこと孫っこも、そこさ行った。紗恵子が由衣子と手をつないで行ったんださ。海のなかの街で仲よく、静かに暮らしてる。いつか、俺もそこさ行くときがくるんだべか。とっとと行ってしまいてえって、思ったりもした。ここからは海は見えね。んだから俺は耐えられる。代わりに観音さんが見ていてくれる。都を抱えた海のこと。その観音さんの横顔を、俺は遠くから見守ってるんださ」

天野のとなりで、修司もじっと大観音にまなざしをそそいでいた。白くふくよかな頬が、日の光を浴びて照り映えていた。

「観音さん」と、けっして大きな声ではなかったけれど、呼びかけるように天野が言った。「いつでもこっちさ帰ってこい。あんたも俺の娘っこだからな。あとはなあ、困ったときには牛久の大仏さんに相談するんだぞ」

「牛久の大仏さん？」

修司が天野を横目に見た。天野は照れ笑いを浮かべつつ、

「背の高い大仏さんだ。いざとなれば大きなおかた同士、助けてくれるんでねえかと思ってさ。なんでも自分一人でできるわけでねんだから、人に頼ることも大事だよって、伝えておきてんだ」

天野の言葉を受け止めるように、修司は黙ってうなずいた。日本各地の巨大な仏像たちについて、先頃気になって調べてみたことがあった。確か、茨城の牛久に立っている大仏は、台座も合わせると高さ百二十メートル、本人だけで百メートルの身長があったはず。台座に乗った大観音と、台座を降りた大仏で、ちょうど背丈の釣り合いが取れる。たとえ遠く離れていても、それだけ大きなおかたがいるというのは観音さんにとって心強いことかもしれない、と修司は思った。

「紗恵子が由衣子ば連れて、ひょっこり帰ってこねかって思うこともある」と天野が言った。「雄作君は違うんだ。二人の亡きがら、せめて骨のかけらであってもいいから見つからねえかって、ずっと気にかけてたっけ。俺は、見つからねくていい、生きた姿で帰ってくるかもしれねえべ、って言ったの。それで、けんかみたいなことになってしまって……。んだけど俺も雄作君も、二人に会いたいってことでは一緒なんださ」

そう言うと天野はうつむいて、話を続けた。

「静枝はこう言ってた。ここに暮らしてるとどうしても娘らの記憶がよみがえってくるんだけども、実際にはもう会えねのかって思うと切なくて、眠れなくなるって。それもあって、山形の実家に行ったきり向こうに住みついたのかもわかんね。娘らにまた会うなんてことは、俺も無理だろうとは思いつつ、ここの家で、気長にずっと待ってるんだ。だってさ、紗恵子と由衣子が訪ねてきたとき、だあれもいねかったらどうだべか。あの子たち、また来るって言ったんだもの。俺は、あの子たちを悲しませたくねんだ」

そしてため息を一つこぼすと、

「また、余計なことばかり……」とつぶやいた。

波のしたの都から、幻の街へと、いつか二人が帰ってくる。たとえそれが実現しがたい幻想なのだとしても、天野の人生を支えるほど強い力をもっているのかもしれない。

「大事なことだと思います」と小声で修司は言った。そんなふうに受け止めつつもためらいがちに、

しばし沈黙が続いた。

「図面はきっと探すから」と静かな口調で天野が語りかける。「また来てけさい」

修司はゆっくりうなずいて、

「また来ます」と答えた。

＊

夜が深まって、街の明かりが少なくなったっちゃ。わたしには目を閉じることができね。んだけど、闇のなかで眠りに沈んでいこうとしてたんださ。

波のしたにも都はあるのか。

ふと、そんな問いが心に呼び覚まされる。あってほしいと願う人の心のうちに、都は確かにあるんだと、わたしは思う。そちらの都に暮らす人たちも、地上の街に

生きる人々のことをなつかしく思い返すときが、きっとあるんだべな。

かすかに声が聞こえてくる。低くて透き通った声だった。

「聞こえますか、聞こえますか、そちらに観音様はいますか。こちら、大仏」

声ははるか遠くから、わたしのもとへと届いたようだ。わたしはあわてて答えようと試みたっちゃ。

「聞こえています。どちらの大仏様でしょう。鎌倉ですか」

うまく声が出せたべか。心細く感じながら、応答があるかどうか、待ってみる。

「わたしはそんなに長生きじゃありません。ずいぶん若いんですよ。茨城の牛久というところに立っています」

「牛久の大仏様」と呼びかけた自分の声が明るく響くのを、わたしは感じた。「うわさには、うかがっておりました。お話しできてうれしいです」

「ええ、こちらこそ。修行の邪魔をしてはよくないと思いましたが、北のほうにあなたが立っていると、わたしもうわさを耳にして、一度、声を聞いてみたかったんです」

「ありがとうございます」

「観音様、立ちっぱなしでお疲れでしょう」

「ええ……。でも、これが勤めですから」と言ってから、わたしはおずおずと訊いてみる。「大仏様は、いかがです?」

「わたしも立ちっぱなしですけど、やはり勤めなんです。でも、こうしてあと百年ぐらい勤めたら、座らせてもらってもいいかなあ」

「そんなことが、できるんでしょうか。わたしは身動き一つできません」

「わたしだって、そうです。心ばかりが動いていますよ。あなたのこと、つい気になって……。悟り。わたしは本当に悟っているんでしょうか。おぼつかない気がします。でも、声が聞けてよかった」

「わたしもです。たとえお姿が見えなくても」

「そうですね……」

と応じた大仏様の声が、どこか寂しげに響いた。もしかしたら、わたしの思い違いかもわかんねけども。そりゃ、会えるもんなら会いてっちゃ。んだけど、それじゃあ煩悩の度が過ぎるってもんだべな。

「それでは、ごきげんよう」と大仏様の穏やかな声。

「ごきげんよう」

気がつくと、遠くで海の水面がほのかに輝きを帯びて、水平線の向こうが明るくなりかけていた。南東を向いて立つわたしの目に、朝焼けの光がとりわけ鮮やかに映った。

わたしは本当に大仏様の声を聞いたんだべか。そうだとしても、眠りのなかでのことだったのかや。

また夜更けになると、わたしは眠りに落ちようとしながら、大仏様の声が聞こえないものかと期待を寄せた。んでも、聞こえてくることはねかった。

心のうちで、記憶に残る大仏様の声を再生してみる。

「一度、声を聞いてみたかったんです」

一度だけですか、大仏様。

わたしは何度でも、あなたの声をお聞きしたい。いつかまた、声をかけてくださいますように。

＊

バスに乗った修司は街なかへと向かっていた。本庁より、大観音のことで打ち合わせをしたいという連絡を受けてのことだった。朝からの雨が、午後になっても降りつづいている。

かつて岡山に住んでいたころ、雨の街を路面電車に乗って移動したことがあったのを、修司はおぼろに思い出していた。大通りに敷かれた鉄の軌道を悠然と駆けてゆく路面電車。そのほっそりとした車体のなかで、横向きのロングシートに腰かけていた。車体がわずかに傾くと、白い吊り革がいっせいに左右に揺れたものだった。

住んだ土地はどこもなつかしい。久しぶりに路面電車に乗りたい気分になりながら、窓のそとの雨にぼやけた街の景色に目を向けていた。

バスが停まって、修司は降車するとすぐに紺色の折りたたみ傘を差した。議会や役所の建物の集まる一角に、目指す庁舎が建っていた。

会議室に入ると、細長い机が一辺に二卓ずつ、四角形をなすように並べられていた。そのうちの一辺に、二名が並んで座っている。一人は年配の男性で、髭の伸びが速いのか、口のまわりが青みを帯びている。もう一人は若く、黒髪が肩にかかった色白の女性で、ノートパソコンのキーボードに置いた手を止めて、つぶらな目を修司に向けていた。沢井だった。こうして仕事で同席するのは初めてのことだ。

年配のほうは、建設業務を管轄する部長であり、橋本と名乗った。

「きょうはこの三人で打ち合わせです」と橋本が言った。

部屋の広さからして、もっと人が来てもよさそうなものだと修司は感じていたけれど、参加者は事前に聞いていたこのメンバーだけらしい。修司は二人の向かい側の席に腰かけた。左側の壁際には大きなスクリーンが垂れ下がり、右手の机のうえにはプロジェクターが置いてある。

「高村君、きょうの議題だけどね」

と橋本が話を切り出したのを受けて、

「大観音の今後について、でしたっけ」と修司が応じた。

「それはまあ、ちょっと婉曲的に言ったわけだけど、もっとはっきりさせよう」

橋本は体を少し前のめりにすると、ことさら明瞭な発声で、

「大観音の爆破の可能性について」と告げた。

修司は思わず橋本を見つめた。無表情に近い橋本の顔に、皮肉ともつかないかすかな笑みが浮かびかけているようだった。まさかとは思いながらも、胸にきざした不安がにわかにふくらんでゆくのを感じる。沢井さんは、どう考えてる？　修司は問うようなまなざしを沢井に向けた。

「わたしからの提案を聞いてください」と沢井が言った。「傾きへの対応として、爆破以外にどんな手立てがありうるか」

「高村君、電気を消してもらえるかな」

橋本に促され、修司が入口のわきのスイッチを切った。室内が薄闇に包まれる。橋本と沢井の背後に窓があったものの、ブラインドが閉じていた。席に戻った修司に向けて、沢井が呼びかける。

「では、あちらのスクリーンを見てください」

沢井が、リモコンをプロジェクターに向けて電源を入れた。灰色だったスクリーンに光が宿る。修司は浮かび上がった画像を注視した。映し出されていたのは、マンションのチラシに載っている完成予想図のように、精細で光沢感の強いイラストだった。そして描かれているのはマンションではなく、純白の大観音だった。スクリーンのなかの空は青々と塗り込められている。

「見慣れているのと、違いは感じないかな」と橋本が問いかけた。

「そういえば」と修司が応じた。「左手に持っている水差しの角度が、少し……」

「違っているのか、沢井さん」

と橋本があわてたように、となりの沢井に目を向けた。沢井は少しうろたえながら、

「いえ、水差しの角度は、同じじゃないかと」

「じゃあ……」と修司は言葉に詰まった。

「変わったところはないように見えますか」と沢井が尋ねた。

「ええ、ちょっとわかりません」

薄暗がりのなか、沢井の頬がスクリーンからの照り返しを受けて青白い。沢井が修司をじっと見すえて、

「大きさです」と落ち着いた口調で言った。「一・三倍に大きくなっています」

「そんなに？」と修司は戸惑いの声をあげた。「どういうことでしょう」

「マトリョーシカです。大観音を、より大きな大観音、いわば大々観音で包み込む。そういうことです」

「でも、なぜ……」

「なぜって」と沢井は当惑気味につぶやくと、きっぱりとした口ぶりで続けた。「傾きを正す補強工事が必要だとすれば、これが対応策です」

「でも、まだ傾いているかどうかは……」

「ご指摘はわかります」と沢井がうなずいた。「このマトリョーシカ方式のいいところは、傾きがあってもなくても実施可能という点です。単なる補強ではなく、スケールアップでもあるんです。いまの大観音の背丈は、市制百周年にあやかって決

められたもの。であれば百三十周年を記念して、あと三十メートル成長したってい
いわけでしょう。どうですか、高村君」
そう呼びかけた沢井の声は、どこか誇らしげだった。いいと思います、と思わず
答えてしまいそうになりながら、ふと気になることがあって修司は尋ねた。
「一つ確認したいんですが、大々観音の胎内に入ると、そこから大観音の全貌を仰
ぎ見ることができるんでしょうか。つまり、大々観音が大観音の家になっていると
いいますか……」
平泉にある中尊寺の金色堂を、鞘堂が覆っている。それに近いものかと思ったの
だ。
「いいえ」と沢井が答えた。「耐久性や安全性のことを考えて、ある程度まで両者
の結合を図らなければなりません。大々観音が大観音をしっかりと包み込んで、見
かけ上は一つの巨大な観音像になります」
なぜ、と修司は疑問に思う。いったい大観音をどうしようというのだろう。けっ
して壊れることのない安全な存在へと造り替えたいのだろうか。弱い大観音を、強
い大々観音に置き換える？　けっきょくそれは大観音の否定ではないのか。
いきり立ちかけた心をなだめながら言葉を選び、

「なんだか、息苦しいような感じがしますね」と修司は言った。「大観音は誰からも見てもらえなくなって、自分でも何も見えない、聞こえない、息もできない。そんなふうになってしまいませんか」

「それは、そうかもしれませんが……」と沈んだ調子で沢井が応じた。

「大観音は強くなくたっていい。わたしはそう思います」と修司は決然と告げた。

「じゃあ、どうしたらいい」と橋本が話に割って入った。「大観音を爆破してほしいという要望が寄せられてるんだろう。高村君の上司、内藤所長が報告書を出してきた。あらゆる選択肢を模索する必要がある、と書いてあった。現場から上がってきた報告だ。我々は真に受けたんだよ。爆破よりもいい方法を探さなければ、と。我々の仕事は破壊ではなく建設だ。あまり話が広まってもいけない。内密に対策を練ってきた。沢井さんが奔走してくれて、ある設計事務所から提案してもらったんだ。数十年おきに繰り返していけば、観音像は何重にもなって、無限にふくらんでいく」

修司は橋本の話を聞きながら、青空に向かってみるみる育ってゆく大観音の姿を思い浮かべていた。千年後には、千メートルを超しているのだろうか。橋本が続けた。

「このプランを詰めていくには、もちろん図面が必要になってくる。そこは頼むよ、高村君」

「あ、はい……」

図面なら、天野信男さんの頭のなかにあることはわかってるんですが、と修司は心のうちで言い足した。

「高村君」と沢井が呼びかけた。「これは内藤所長の勇み足だったのかもしれません。わたしたちの職務にとって、書類は大切にすべきものです。記録として残っていれば、いつか誰かが目に留めて、この手があったかと実行に移してしまうことだってありえます。それを食い止めたいんです。書類には、書類を。危うい計画には、それを上まわるくらいの計画をぶつけなくてはなりません。実現を図るというよりは、むしろ抑止力になるものです。まだお見せできませんが、計画書の下書きはできてるんです」

爆破か、マトリョーシカか。この二択だというのだろうか。釈然としない思いをいだきつつ、修司は沢井を見つめて、

「わたしも爆破は望みません」と言った。「でも、いまの大観音を埋もれさせてしまいたくもないんです」

沢井が修司を見つめ返して、うなずいた。

「沢井さんの案で駄目なら、代案を出してくれ」と橋本が語気を強めた。

「代案ですか……」と修司はつかのま沈黙を挟んだのち、「すみません、トイレに行かせてください」

「どうぞ」と橋本が鷹揚に笑みを浮かべて返答した。

修司は会議室を出て、廊下を歩いていった。急に代案と言われても……。困惑が尿意を呼び覚ましたようだった。

トイレに入って小便器のまえに突っ立ち、用を足した。ふと緊張がほぐれて、ピサの斜塔が脳裏に浮かんだ。これか？と修司は思う。ここに手がかりがあるのかもしれない。

会議室に戻って席に着くと、

「代案を申し上げてもよいでしょうか」と修司は言った。

「ほう」と橋本が修司を見すえて、「どんなものかな」

一つ呼吸を置いて、修司はゆっくりと告げた。

「大観音をそのままにしておくんです」

「そのまま、とは？」と橋本が真意を問うた。

「傾いているのなら、傾いたまま」

修司の向かい側で、橋本と沢井が顔を見合わせた。修司が続けた。

「もし本当に傾いているとしても、ピサの斜塔のように、傾きごと受け入れる。いかがでしょう。書類はこれから作ります」

とは言ってみたものの、いったいどうすればよいのか、修司自身にも確固たるあてはなかった。だからこそ、白紙の勧進帳を読み上げたときの弁慶のごとく、堂々たる振る舞いが必要だった。修司はかっと目を見ひらいて橋本を凝視すると、次いで沢井に目を向けた。修司のなかでいまだ不確かなものを、沢井はしかと受け止めたかのように、

「ぜひ」と力強く声をかけた。「協力します。ピサの斜塔方式かあ……」

修司はひそかに安堵を覚え、あとで沢井の助けを借りようと思った。

打ち合わせを終えて、庁舎を出た。灰色の雲に覆われた空が目に入る。雨はやんでいた。

きょうは出張所に戻らず直帰してよい、とあらかじめ内藤に言われていた。会議終了の旨、報告の電話を済ますと、仕事の重圧から解き放たれて、疲れとともに空腹を覚えた。このあと、待ち合わせの約束があった。

アーケード街の入口に建つフォーラスという商業ビルのまえで、修司は人を待っていた。眼前の大通りの信号待ちの車列にぼんやりと目をやっていると、

「やあ、どうも」と横から声をかけられた。

そちらを向くと、人のよさそうな穏やかな目元に黒縁眼鏡をかけた男が立っていた。もともとがっしりとした体軀だったけれど、大学の同級生だったころより心持ち肉づきが増したような感じを受けた。

「よう、大内」と修司は言った。「元気そうだな」

「まあ、それなりにね」と大内は笑顔で応じて、「行くべし。牛タンがいいんだっけ?」

「うん」

二人はアーケード街を歩いて、店に入った。牛タンの定食と瓶ビールを頼み、さきに出てきたビールをコップにそそいで乾杯した。大内は地元の高校から大学を経て、いまは法科大学院の学生だった。

「どうなの、最近の生活は」と修司は尋ねた。

「学業はそこそこハードなんだけども……」と言って大内はビールを一口飲むと、

照れたような笑みを浮かべて、「彼女ができた」

「なんと」と思わず修司も顔をほころばせ、「おめでとうございます」

「ありがとうございます」

その相手とは、趣味で参加していた読書会で知り合ったのだという。なれそめの話を興味深くもうらやましく感じつつ聞いているうちに、テーブルのうえに定食の皿やお碗が並んだ。肉厚の牛タンに温かい麦飯の取り合わせを修司が堪能していると、

「高村のほうはどんな感じ?」と大内が訊いてきた。

「いやあ……」と修司は弱ったように目をきつく閉じると、ゆっくりひらいて、

「俺はべつに何もないよ。さっきまで会議で一緒だった人が、気になってはいるんだけど」

「職場の人?」と大内が言って、のぞき込むような目を向けてきた。

修司は小さくうなずくと、

「三年先輩で、ふだんの勤務地は違うんだけど、仕事でちょっと接点があって」

「何もなくねえべや」とうれしげに大内が言った。

「まだ何もない」と修司は応じて、「きっとこれからも、何も」

と言い添えると、大きくため息をこぼした。

「なんだい」と大内は拍子抜けしたように漏らすと、「そしたらきょうは俺でなくて、その人を飯に誘ったらよかったさ」

そのことは修司も散々考えた。勤務時間のあいまの昼食をともにするのと、勤務後の夕食に誘うのではわけが違う。下手なことをして気まずくなってしまっては、仕事を進めにくくなるかもしれない。あれこれと葛藤した挙げ句、これ以上悩まなくて済むようにと大内との予定を入れたのだ。

「勇気が出せなかった」とつぶやくように修司は言った。「大内は、偉いな」

「何も偉くはない」

と苦笑交じりに大内は言うと、コップに残っていたビールを勢いよくあおった。

二人は牛タンを食べ、テールスープを飲みつつ、互いの近況や共通の友人の消息などを語り合った。牛タン屋を出たあと、カラオケボックスで歌ってから、修司は大内と別れて帰り道を歩いていった。徒歩で帰るには少し距離があったけれど、酔い覚ましの散歩にちょうどよいと感じた。上空に目をやると、うっすらと雲に覆われた夜空に星がわずかに出ていた。

＊

夢のなかでだったら、わたしだって飛べるんださ。

いままさに、夜の闇のなかを飛んでいる。ああ、またわたしは夢を見てるな、と思いながら。

地上に眠る竜ば残して、一人で飛び立ったんだ。体を斜めに傾けて、静かに空を渡っていく。どこさ向かってるのか。それもわかってたっちゃ。

速度をゆるめ、体を徐々に垂直へと起こしながら、わたしはゆっくりとくだっていく。わずかな物音とともに、砂地にそっと降り立った。

目のまえには、夜の闇と、闇よりも黒々とした海の水。二つの黒の接する水平線のあたりを、わたしは一心に見つめていた。来てほしくねえもんが、来るんでねえか。不安のなかで意識ば研ぎ澄ましていた。来たか。そう思った。

海のかなたでふくれ上がった水が、分厚い壁となってこっちさ近づいてくる。わたしは右手に持っていた珠と、左手に持っていた水差しを砂浜に投げ捨てた。そんで両手を広げて体のまえに突き出したっちゃ。

夢のなかだから、できることだった。猛烈な勢いで進んできた黒い水のかたまりが、わたしの両手にぶつかってくる。それは固い手応えのあるかたまりだった。わたしはありったけの力を両手に込めていた。そんで顔だけ後ろを振り向いて、大きな声で言ったんだ。

どうか皆さん、逃げてけさい。早く、いますぐに、できるかぎり高いところさ行くべし。ひとたび逃げ出したら、戻らねでけさい。どうか皆さん自身の命を、守ってけさい。わたしは未熟な大観音だから、夢のなかでしかこんなことができねっちゃ。力がねくて、本当にごめんしてけらい。かつてのことは、悔やんでも悔やみきれね。そんでいつかまた同じことが起こっても、わたしはきっとそのとき、一歩も動くことができねんだ。さあ早く、逃げてけろ。

こうやってどんなに声ばあげたって、すべての人が逃げきれるわけでねえのかもしれねっちゃ。んだからわたしは願うんだ。波のしたの都が、豊かで暮らしやすい場所でありますように、と。生きることの苦しみから抜け出して、穏やかな日々を過ごしていけますように、と。

わたしは前方さ向き直って、眼前に立ちはだかる漆黒のかたまりと対峙したんださ。両腕から手先へと体重をかけていくと、わたしの体がまえに傾いて、かたまりがわずかに押し戻されたようだった。わたしはもっと、傾いたっちゃ。ほいで一歩、また一歩と足を踏み出していったっけ、それにつれてかたまりが後退していった。

ふと、両手から手応えが消えた。かたまりは固さと高さを失って、ただの水と化して海のなかさ散っていった。わたしは勢い余って倒れそうになるところ、かろうじて踏みとどまって、体をまっすぐに伸ばしたっちゃ。目のまえに、静かな夜の海が戻っていた。

わたしはふたたび空を飛んで、もといた丘のうえへと帰っていく。竜の体を収めた台座のうえさ、そっと着地した。

遠くの海が、昇りかけた朝日を浴びて赤らんでいる。その光景を見つめながら、夢から覚めたことを感じていた。実際には微動だにしてねかったはずなのに、くたくたに疲れきっていたっちゃ。そんでも何事もねかったかのように、じっと立ちつづけてたんださ。

わたしの頭のなかさ、赤いボタンがあるんだべか。それを誰かに押してもらったら、ひょっとしてわたしは本当に空を飛ぶのかや。

＊

大観音を観に行きませんか、と修司は出張所のパソコンで沢井にメールを打った。仕事上の視察ということではあったけれど、送信時には緊張を覚えた。行きましょう、と返事があった。

約束の日の午後、修司は水のない池を囲った石材のへりに腰かけていた。かすかな足音を聞いて顔を上げると、沢井が小走りに近寄ってくるところだった。修司はとっさに立ち上がって沢井を迎えた。

「ごめん。ぎりぎり間に合ったかな」

軽く息を切らしつつ沢井が言った。ちょうど待ち合わせの時刻だった。

「間に合いました。大丈夫です」と修司は答え、笑みを浮かべた。

呼吸を整えながら、沢井がふと大観音を仰ぎ見た。つられたように修司もそちらへ目を向けた。色濃い空の青さに、純白の姿かたちがくっきりとふち取られている。揺るぎない現実のなかに突き立った巨大な非現実。そんなふうにも感じられる。けれど、この大観音は紛れもない現実の存在であり、そのことが修司にはどこか不思議に思われた。

　大観音のまわりを、二人で歩いてゆく。

「夢のなかでのことなのか、眠っているとき、大観音さんの声がたまに聞こえてくる気がするんです」と修司は言った。

　沢井はちらと大観音を見上げてから、

「大観音さんはどんなこと、おっしゃってる？」

「目覚めてしまうと、思い出すのが難しくて……。でも聞いていた、っていう感触のようなものは残ってるんです。なんだか、わたしは未熟者です、みたいなことをおっしゃっていたような……」

「声って、話す人がいるだけじゃなくて、聞く人がいて初めて実を結ぶものなんだと思う。大観音さんは、聞いてくれる人を見つけたんだ」

「それが、僕ですか。いいんですかね、僕なんかで」

「いいんじゃない？　話しかけやすかったんだろうね、きっと」と言って沢井が笑った。

　修司もつられて小さく笑った。未熟者同士だから、話しかけやすかったのかもしれない。そんなことを思いつつ、

「沢井さんは、夢を見ますか」と訊いてみた。

「たまに……」

沢井はそう言ってかすかにため息をつくと、言葉を継いだ。

「待ち合わせ場所で、人に会えなかった夢。夢でもあるけど、現実に体験したことでもある」

記憶をたぐり寄せるような間があって、沢井の話が続いた。

「わたしは一人、小さな駅で待っていた。相手が乗っていた電車は、駅にたどり着かなかった。線路はぐにゃりとゆがんだり、ちぎれてなくなったりしてしまった。わたしは住めなくなった場所を離れなくちゃならなかった。相手は自分の暮らしていたところへ帰っていった」

そっとひと呼吸して、沢井がまた話しだす。

「お互いに、命は無事だった。でも何もかもが変わりすぎて、つながりは途切れてしまった。高校の先輩。わたしは高校二年で双葉に住んでいて、向こうは大学に入って一年ぶりに東京から帰省するはずだった」

そこまで聞くと、修司は踏み込んでよいのか迷いながらも、

「恋人、ですか」と尋ねた。

「そうだったらよかったけど、違うんだ」と沢井が言った。「わたしは女子バレー部で、向こうは男子バレー部。地味だけど、レシーブのうまい人だった。尊敬していた、って言ったらいいのか……。在学中はほとんどしゃべったこともなかったけど、卒業式の日にアドレスを教えてもらって、ときどきメールを交わすようになった。和樹先輩……」

と名前を口にしてから、取りつくろうように沢井が続けた。

「同学年に渡辺って同じ苗字の先輩が二人いたから、みんなから和樹先輩って呼ばれてたんだ。向こうは東京での学生生活。こっちは仮設住宅に移るまで、避難所暮らしがしばらく続いた」

「あらためて、会いましょうってことにはならなかったんですか」

「会いに行きたいってメールをもらったことはあった。でも、元気でやっているので心配しないでくださいね、って答えちゃった。会えるなら本当に元気なときに、身だしなみもちゃんとして会いたかった。わたしも東京のほうに進学したいって思ってた時期もあったけど、方向転換してこっちに来て、けっきょく音信不通になってしまった。だけどあんな夢を見るってことは、オレンジ色の壁の小さな駅で、待ちつづけてる自分がいるってことなのかな……。よくわからないよ」

見知らぬ人ではあったけれど、難しい球を全力で追いかけていってレシーブする和樹先輩の姿を、修司は思い浮かべていた。そして勝手に嫉妬を覚えて、自身の感情に戸惑った。

修司は沢井とともに、大観音の背後で足を止めた。台座のうえに高々と、白い後ろ姿がそびえている。

「あそこの窓」

そう言って沢井が大観音の背中の高いところを指さした。白い衣に、小さな四角形のくぼみが刻まれ、黒く見えていた。

「ひらくかな」と沢井がつぶやいた。

大観音の背中の窓に、何かしらの可能性があるのだろうか。確証はなかったものの、期待も込めて、

「ひらいてほしいです」と修司は言った。

ふたたびまわりをめぐって、二人は大観音の正面に戻ってきた。沢井はまた上方に目をやって、

「一度、頭のなかをのぞいてみたいなあ」とつぶやいた。

「同感です」と修司は微笑んで、「とりあえず、胎内に行ってみましょう」

二人は階段を上がり、竜の口から大観音の内部へ入っていった。受付のまえに立つと、

「お久しぶりです」と沢井が声をかけつつ、財布から五百円玉を取り出した。

「沢井さん」と川口が声をあげた。「きょうはお二人で……」

「そうなんです」

と修司は言って、カウンターに置かれた沢井の分のとなりにもう一つ、五百円玉を置いた。守護札が差し出され、二人がそれぞれ手に取った。修司は心持ち声をひそめて、

「こちらの観音さん、頭のなかにも部屋があるそうですね」

「ご存じなんですか」と川口が目を見ひらいた。

「やっぱり、あるんですか」と言いながら修司も内心、驚いていた。

「ええ、まあ……」と川口が言いよどんで目を伏せる。

「じつは、以前紹介していただいた天野さんから聞いたんです。できれば一度、頭のなかをのぞいてみたいんですが……」

「天野さんから聞いたんですね？」と川口が慎重な口調で問い返した。

これは、もしかして……。修司は期待を高めつつ、

「はい」と答えた。

「それは、仕事上の立ち入り検査などではなく?」と川口が問いを重ねた。

「いえいえ、そんな……」と修司はあわてて、「見物……」

「調査です」

沢井が言葉の加減を調整した。

「そうですか」

川口は小さくうなずいた。それから、かたわらの引き出しをあけて鍵の束を取り出すと、一つを外して、

「では、こちらを」

とカウンターのうえに置いた。修司がおずおずと鍵をつまみ上げると、川口が言った。

「展望台の階をぐるっとまわっていただければ、鍵のかかった白い扉が一つ見つかると思います。そこからうえに、行けますから」

二人は川口に礼を述べると、一階の回廊を歩きだした。修司は小声で沢井に言った。

「どうしましょう。行けることになりましたよ」

「行こうよ」と応えた沢井の声が弾んでいた。

タイムカプセルの中身の展示を横目に見て通り過ぎると、二人はエレベーターに乗り、胎内をまっすぐに上昇してゆく。修司は手のひらに載せた鍵を見つめていた。自身の住むアパートの鍵にも似た変哲のないものだった。エレベーターが止まり、ドアがひらいた。

こぢんまりした金色の空間に、水晶めいた珠が鎮座していた。珠は祭壇の奥にあって柵に隔てられ、すぐそばまでは近寄れない。大観音の胸のなかの珠を、二人はしばし見つめた。

その小空間を抜け出ると、壁に小さな窓があった。弧線を描いて続く廊下のところどころに四角い小窓があいていて、一つ一つをのぞきながら歩いてゆく。うまく方角が合ってあの花園が見えたなら、沢井に知らせようと修司は思ったのだけれど、見つけることはできなかった。向こうには大観音のような巨大な目印があるわけではないのだから、見つからなくて当然かと思い直した。沢井のほうは、ひらくかどうかが気になるのか、入念に窓の様子を確かめていた。

くだりのらせん階段の近くの壁に、扉があった。白く塗られて、ドアノブだけが銀色をしている。円いノブにあいた穴に修司が鍵を差してひねると、施錠の解けた手応えがあった。扉を引き開けると、なかは闇。

扉のそとからの光で、かろうじて電灯のスイッチらしきものが壁に見えた。押すと一瞬の間があって、蛍光灯の明かりがついた。急カーブのらせんを描いた狭い階段が目に入る。白の塗装が施された鉄の踏み板に、滑り止めのバツ印がたくさん浮き出ていた。

靴音を響かせて、二人はらせん階段をせわしなくまわりながら進んでゆく。のぼりきったところに、また白い扉があった。修司がノブに手をかけてみると、鍵はかかっていなかった。

ふたたび闇のなかに踏み込んで、入口付近のスイッチを押すと、壁が蛍光灯の発する白さに染まった。窓のない、壁ばかりの部屋。入ってすぐのところに段差があって、そのうえの板張りの床の大半を、畳に似た外観のイグサのゴザが覆っていた。二人は靴を脱いでゴザに上がった。

部屋のまんなかで、沢井が立ち止まった。修司はとなりに並び立ち、沢井のほうを見やった。

「ここまで来たら、わたしにも聞こえるかな」

そう言って沢井は目を閉じ、深呼吸をしながら肩を軽く上げ、ゆっくりと下げた。

修司も同じようにやってみた。観音さんの頭のなかにやってきたのだ。ここでなら、はっきりと声が聞こえてくるだろうか。しばらく一心に耳を澄ましていた。

「静寂……」

と沢井がつぶやくのを聞いて、修司はまぶたをひらいた。

「何も聞こえなかった」と沢井が続けた。

「僕もです」

「ねえ、あの白い布」

沢井が指さすほうに、修司も目をやった。部屋の奥に大きな箱形のものがあり、白い布で覆われている。

「布のしたが気になります」

「見てみよう」と沢井が言った。

二人はそばに歩み寄った。それぞれ布に手をかけると、息を合わせて取りのけた。現れたのは、金属製の大きな箱だった。くすんだ光沢のある銀色の箱で、その前面に「故障中」と筆書きされた半紙が貼ってある。上部には、円形で白地に黒い針のついたメーターのようなものが左右に一つずつ、そしてまんなかに赤くて円いボタンが一つ。ちょうど目と鼻のような配置で、赤いボタンの大きさは十円玉ほどだった。

「これだこれだ」と修司は思わず声を漏らした。

これを押せば、大観音は飛翔する。そういう仕組みになっているのだろうか。

「でも、故障中……」と沢井が言い添えた。

修司はじっとボタンを見つめていた。飛ぶはずだった大観音。この金属の箱は、過ぎ去った時代の夢の残骸に過ぎないのか。それとも、花咲ヶ丘の花園へ飛んでゆくだけの力を、ひそかに蓄えているだろうか。

観音さん、花園に出かけてしばらく休息をとってはどうでしょう、と修司は心のうちで呼びかける。そこには、待っている人がいるんです。

「押してみたいです」

という言葉が修司の口からこぼれ出た。故障中と書いてあるからこそ、押してもいいような気がした。

「わたしも」と沢井が応じた。

「それじゃあ、一緒に」

修司はそっとボタンに人差し指を置いた。あまりにも押し心地のよさそうなボタンだった。こんなボタンを見かけたら、きっと誰だって押してみたくなる。

「うえに、指を」

「わたし、したがいい」

修司がボタンから指をどけると、代わって沢井が指を置いた。沢井の爪のうえに修司の指の腹が重なった。

「では、押します」と修司が声をかけた。

沢井が小さくうなずき、まぶたを閉じた。それを見て修司も目をつぶると、人差し指に徐々に力を入れてゆく。修司の指とボタンのあいだに挟まれて、沢井の指先がへこむ。カチッとかすかな音がした。ボタンを押した手応えが、沢井の指越しに修司にも感じ取れた。二人の指が、ボタンから押し返される。互いの指先を離して、修司と沢井は目をあけた。

何も、起こらなかった。大観音は微動だにしない。

「ひょっとして飛ぶかな、って思ったのに」と沢井が残念そうに言った。

「僕も、ちょっとだけ」

飛んだらたいへんなことになる、とわきまえてはいた。それでも、もしかして……と心のどこかに願いがあった。飛ばなかったのに、まるで飛んだ直後のように心臓が激しく脈打っているのを修司は感じた。

修司と沢井は靴を履いて、大観音の頭のなかの部屋を出た。背後で扉の閉まる音がした。らせん階段に二人分の靴音が響きはじめた。

沢井とともに修司は大観音での催しを企画し、準備を進めた。ピサの斜塔のごとく、大観音を地域に根ざした存在として護っていければと考えていた。傾きの有無を問わず、ありのままの姿で……。

出張所で机に向かっていた修司は、席を立ってプリンターから出力されてきた二枚の紙を手に取ると、内藤のほうへ歩み寄った。二枚のうち一枚を差し出して、

「式典のプログラムです。いかがでしょう」

内藤は受け取った紙を眺めつつ、

「住職のお話はないのか」と尋ねた。

「その点、先方に確認したんですが、なくてよいということでした。宗教の側はおとなしく、科学の成果を見守りたい、との意向です」

そう聞いて内藤はうなずき、ふと気になったように、

「お客さんはどのくらい来るんだろう」

「あまり大っぴらには告知してませんので、それほどは集まらないかと」と修司は

答えた。「ただ、せっかく貴重な実験が見られる機会ですから、もうちょっと広めてみます」

「急な話だからなあ」

「ええ。日程はゲストの都合に合わせてますので」

内藤は手元の紙にあらためて視線を向けて、

「イタリアからはるばる……」

「中国に出張の予定があって、そこに追加して日本にも立ち寄っていただけることになりました。そちらのやりとりは全部、沢井さんがやってくれたんです」

「そうか。彼女も新人としてここへ来たときには、君ぐらいに頼りない感じの若者だったんだけど……」

「わたしぐらいにですか」と意外に思って修司は問いかけた。

「いや、語弊があったらすまないね。僕はなんにも育てちゃいないけど、勝手に伸びていって、よそへ行って元気でやってくれてるんだから何よりだ」

そう言って穏やかな笑顔になると、内藤は続けた。

「高村君もきっと、そんな具合になるんだろう。まあ、今回の件は、沢井さんと高村君でしっかりやってくれたらいい。ちなみに何か困ったことは？」

「そうですねえ……。困ったというほどではないんですが、できることなら式典のときには池に水を張ってもらえないかと思ってるんです。池は池らしくといいますか、晴れの舞台ですから」

「池なんて、あったかな」

「はい、大観音の正面の真下にあります」と修司は答えた。「川口さんに尋ねたところ、しばらくまえから水が出なくなっていて、そのままになってるそうです」

大観音が左手に持った水差しは、水瓶（すいびょう）というものらしいのだけれど、あそこから実際に水がこぼれてこないものか。そんなことも頭をかすめた。

内藤がふと思い至ったように、

「池だと思うから水を入れたくなるんじゃないか」と言った。「だけど、水がなければそこは池ではないともいえる。そのままでも、いいんじゃないのかな」

「わかりました」

あそこはいまは池ではないのだ。大観音をそのままにするなら、池ではない円形の場所もそのままでいい、と修司は認識をあらためた。

夏の日の昼下がり、修司は半袖のワイシャツにネクタイを締めずに天野家を訪ねた。その日はひときわ暑かった。一度は綿毛だらけになった花咲ヶ丘の広大な空き地に、またタンポポが咲いていた。

天野家の居間で、修司はコップから麦茶を飲むと、

「夏なのに、咲くんですね」と感想を漏らした。

「セイヨウタンポポはね」と天野が応じた。「夏ばかりか秋にも咲く。まあ、西洋と日本の雑種も多いようだよ。単に在来種がよそから来たやつに押しやられてるんじゃないんだ。強いところを取り込んで、一緒になって生きつづけてる。したたかなもんだよ」

麦茶を口にすると、天野は言葉を継いだ。

「やがて人間が滅んでも、タンポポが生き延びればいい。仲間だと思えばいいんだ」

「それは、心強い仲間ですね」

修司はそう言って微笑むと、天野の背後の掃き出し窓に視線をやった。窓のすぐそとには家庭菜園があって、そこにもタンポポは入り交じって生えていた。小さな畑の向こうには、緑のなかに点々と黄色い花の咲く光景が広がり、どこかまばゆいほどだった。天野がふと思い出したように口をひらいた。

「孫の由衣子が、幼稚園の年長さんに上がったくらいのころだったか、うちさ泊まりに来たときに、こんなことを言ったんだ。わたし、花のなかでタンポポが一番好き。だから花屋さんになってタンポポを売りたい。でも売ってないのはどうして、って。紗恵子がそれに答えて、タンポポは空き地で自由に咲いてるのが好きなんでないか、って。紗恵子も花が好きでね、由衣子が生まれるまえは花屋さんの店員をしてたんだ。いずれまた働きたい、って……」

そこまで話すと、天野は視線を落として沈黙した。娘のいだいていた夢に、思いをめぐらしていたのだろうか。やがて現実に引き戻されたように顔を上げ、

「そうだ、高村さんにも仕事があったね。いつものご用件だべか」

「きょうはもう一つ、別件がありまして……」

と言いながら修司はカバンから紙を取り出し、テーブルに置くと、

「今度、大観音で催しがあるんです。よかったらお越しになりませんか」

天野は紙を手に取ってしばらく眺めてから、

「行ってみたいけど、日付がね。この日はペタンクの大会があってさ」

「ペタンク……」と修司がおぼつかない口ぶりで復唱した。

「見たことあるかい？」

「名前は聞いたことがあるような気がします」

「あのね、最初に木でできた球を一つ、地面に放り投げるの。その球を目標にして、自分側と相手側が交代で、鉄の球を投げていく。それでなるべく目標の球の近くに寄せる。そういう競技なんだ」

天野が下手投げで球を放る仕草を交えて説明した。

「今度の催しと、ちょっと似てますね」と修司が言った。「木の球と金属の球をいっぺんに放るんですけど」

「そうか。残念だけど大会を休むわけにもいかねえしなあ。むかしは年寄りのスポーツといえばゲートボールだった。んだけどいまは断然ペタンクなんださ。若い人だってやってるっちゃ」

天野は熱を込めて語ると、あらためて紙を注視しながら、

「この日程はもう決まってんだべ？」

修司は、予定が重なってしまったことを悔やみつつ、

「ええ、そうなんです」

「んだば、催しの成功ば祈るよ。この紙、記念にもらっていいべか」

と言って、天野は手にしていた紙をそっとテーブルに置いた。

「もちろんです」

と修司はうなずくと、催しよりも優先された競技にいささか興味を覚えて、

「ペタンクって、天野さん、けっこう練習されてるんですか」

「毎週、仲間との集まりに出かけてる。このあたりだって、練習する場所はいくらでもあるんだけど」

「確かに、土地はたっぷりありますね」

修司はちらりと窓のほうに視線をやった。タンポポの息づく土地だった。いつか人間がタンポポに進化する。そんなことが、あるだろうか。

「高村さんも、この土地に住めばいい」

だしぬけに天野がそんなことを口にした。ペタンクに誘われたらどうしようかと思っていたら、別の誘いだった。修司は戸惑いながら天野にまなざしを向け、

「僕が住むんですか」

天野は口元をほころばせて、

「家ならいくつも空いている」

「だけど、空き家に勝手に住みつくわけには……」

「知り合いが何人もいるんだ。みんな、売れるものなら売りたい、せめて貸せるも

のなら貸したいと思って、それがかなわずに、ただ出ていった。高村さんのところの家賃、いくらかわかんねけど、そこより安くできっかもしれねえよ」

「ええっ、いやあ……」

なんだか、にわか不動産屋が現れたようだぞ、と思って修司は困惑の笑みを浮かべた。天野が話を続けた。

「むかしは土地がぐんぐん値上がりを続けてたから、買うなら早いうちに、って思った人たちがいっぱいいいたんださ。俺もそうだよ。駅に近い一等地も、この機会ならだいぶ割安で買えます、なんて言われてすっかりその気になってしまった。モノレール、いまからでも作ってけねかなあ。まあ、無理だべな。はっきり言ってさ、このニュータウンに住みつづけてるのは、いま俺しかいねんでねえかと思うんだ。人口ただ一人の街。んだけどね、俺はけっこう気に入ってんだっちゃ。空気はきれいだし、静かでいいよ」

思わず修司はうなずいた。そしてふと、思い出したことがあって尋ねた。

「そういえば最近、市役所から誰か来てますか。僕以外に、ということですが」

「いや、誰も……」と言って天野は心持ち身を乗り出すと、「立ち退きの話か」

「ええ。街をたたむ話について、僕は何も知らないんですが、けっきょくどうなったんだろうと思いまして」

たたまれてしまうのであれば、ここに新たに人が引っ越してくるどころではないだろう。

「きっと忘れられてるんださ」と天野が言った。「ほとんどたたんであるようなものだからな。また道路の補修のことで相談に行くと思い出されちまうかもしれねぇから、おとなしくしてるんだ」

修司は苦笑いしながらうなずいた。それから、天野の肩越しに見える窓のそとに目をやった。日差しを受けて輝きを帯びたタンポポの野原に、ぽつりぽつりと家が建っている。ここからとなりの家までも、けっこうな隔たりがあった。修司の視線をなぞるように天野も顔を後ろへ傾けながら、

「あそこもいい家だ」と言った。「何年かまえまで人がいたんだけどね。タヌキでも潜り込んでなければ、空き家だよ」

ちょっと通勤時間は増えるけれど、通えないこともないのかな。修司はとなりの家をぼんやりと見つめながら考えていた。だけどタヌキの先客がいるならあきらめよう、とも思った。

「もう一つさきが、喫茶店」

「ええ、気になってました」

「短いあいだだったけど、ときどき行ったよ。あそこのマスター、ちょび髭生やした気のいいおじさんでね。会社勤めでお金貯めて、長年の夢だったお店をかまえたんだけど何しろ人が少ない。ちょっと店びらきが早かったかなあ、なんて言ってたけど、早すぎるなんてもんでねかったわけださ。俺が使ってる手まわしの豆挽き、閉店の日にマスターからもらったんだ」

天野はなつかしむように笑みを浮かべると、

「あそこも二階は住居になってるから、いいと思うよ」

と、にわか不動産屋に戻って言い足した。


澄みわたった空のもと、大観音の白さが際立っていた。水のない円形の場所の手前に、栗色の髪の痩せた男が一人、そのとなりに茶色い縁の眼鏡をかけた小柄な女が一人、立っている。

二人を取り巻く人垣があって、そのなかに修司もいたし、上司の内藤もいた。町内会長の岩田に、前会長の佐久間の姿もある。そして及川、片倉、瀬戸の三人は、さっきまで沢井を取り囲んでにぎやかに話し込んでいた。本庁からは橋本も来ている。ここの寺だけでなく、よそからもやってきた僧侶たちが、紫や黄色や黒の法衣をまとって一団をなしている。近所の人たちの姿も見られ、学校にポスターを貼らせてもらったおかげで、子供たちが思いのほかたくさん集まっていた。

「皆さん、こんにちは。ジーノ・ジョルダーニと申します。イタリアから来ました」

栗色の髪の男が話すイタリア語が、少しの時間差を経て、となりに立った通訳の口から日本語で語り直される。

「このたびはお招きいただき、ありがとうございます。わたしの専門は物理学です。ふだんは大学で教えていますが、そのかたわら、子供たちに科学に親しむ体験をしてもらう活動もしています」

そこでいったん言葉を切って一同を見まわすと、ジョルダーニは話を続けた。

「さて皆さん、イタリアにはかつてガリレオ・ガリレイという科学者がいました。彼は物理学や天文学で大きな足跡を残しています。きょうは、彼がピサの斜塔でおこなったといわれる伝説的な実験を再現してみたいと思っています。ものの重さが違っても、地面に向かって落下する速さは同じである。果たしてそうなのでしょうか。確かめてみましょう。重さの違う二つの球を同時に落としてみればいいのです。

皆さんはとっくに気づいているでしょうけれど、実験にふさわしい建造物がわたしのすぐ後ろに建っています。これからこの大きなモニュメントにのぼって、科学的法則の普遍性を皆さんと分かち合いたいと思います」

あいさつが終わると、人々から拍手が起こった。修司もジョルダーニにまなざしを向け、歓迎の意を込めて手を叩いていた。

突然、ジョルダーニの背後で水の噴き出る音がした。円形の場所のまんなかから威勢よく噴き上がって広がりながら散ってゆく水の姿をまえに、いっそう拍手が盛大になった。そんなものがここで出るとは修司も聞いていなかった。ジョルダーニも突如として出現した噴水のほうを振り返ると、両手を上方に掲げ、大きな身振りでゆっくりと拍手した。

ジョルダーニのまえに僧侶が一人、進み出た。折りたたまれた白い衣服が差し出される。ジョルダーニが受け取って広げると、実験用の白衣だった。着ていた半袖のワイシャツのうえに羽織ったところ、また拍手が起こり、ジョルダーニが笑顔で応えた。

イタリアの研究機関との折衝にあたったのは沢井だった。当初、建築学者に問い合わせをしているのかと修司は思っていたけれど、そうではなかった。ピサの斜塔方式を書類として残すだけにとどまらず、既成事実を何か一つでも積み上げておくほうがいい、という沢井の訴えに修司も乗った。爆破の懸念を遠ざけるために、できることならなんでもしておきたかった。そのために時間も空間も超えて、ガリレオ・ガリレイの力を借りようというのだ。実験のやりかたには諸説あったし、あくまで伝説であって実際にはおこなわれていないのでは、ともいわれていた。であれば、なおさら自分たちで試してみたかった。

「噴水、びっくりした？」

沢井が小声で尋ねてきた。

「知ってたんですか」

「わたしもさっき、川口さんに聞いた」

ジョルダーニと通訳をはじめ、その場に集まっていた人々が、池のへりをまわって階段をのぼり、竜の口のなかへと入ってゆく。一番後ろについていった修司が入口をくぐろうとしたとき、水の噴き出す音が止まった。振り返ると、わずかに水の溜まった池に噴水の最後のしずくが落ちて、小さくしぶきを上げた。

受付では、カウンターの向こうに川口が立って、一行を見送る様子だった。きょうは守護札なしで通り抜けてよいのだ。川口が修司に目を留めて、

「水の出はどうでしたか」と心細げに問いかけてきた。

「見事な噴水でした。ありがとうございます」

と修司は礼を述べて、笑みを交わした。

一階の回廊をめぐったのち、階段を上がる。二階からエレベーターに乗り込んだのは、ジョルダーニ、通訳、僧侶三名、それに役所の側から内藤と橋本。ゲストへのつき添いは上司たちに務めてもらった。けれど実際のところ、この催しの特等席はうえではなく、したのほうにあるのだった。エレベーターのドアが閉じると、残った人々に向かって沢井が呼びかけた。

「では皆さん、移動します」

エレベーターの対面に、「登龍門」と書かれた金色のアーチがあって、そのさきに扉がついていた。沢井が先頭に立ってアーチをくぐってゆく。修司はまた最後尾について歩いた。扉を抜けると、大観音の両足のあいだに出た。そこは竜の頭上近くでもあった。大観音の足の親指のさきを、修司はそっとなでてみる。ひんやりとしてなめらかな感触があった。

台座のうえを歩いて、大観音の後ろにまわり込んでゆく。前方で実施できればなおよかったのだけれど、窓の配置が合わなかった。もとより大観音はピサの斜塔のような直線形ではなく、人間の姿かたちのごとく前後に屈曲していて、具合がよいのは背中のふくらみに設けられた窓だった。背中の真下に台があって、そのうえに体操用の大きな白いマットが敷いてある。修司が近所の学校に交渉し、借り受けたものだった。

「あまり近寄らないように、お気をつけください」と沢井が注意を促す。

人々はマットを遠巻きにして、立ち話などしながら実験の開始を待っていた。楽しい見世物が始まる直前のような浮き立った雰囲気があった。沢井がしきりに上方に視線をやって、様子をうかがっている。修司はポケットから笛を取り出すと、ひもを首にかけた。

「高村さん」

と声をかけられて、わきを見た。かたわらに立っていたのは、天野だった。

「あれっ、ペタンクの大会は……」

「しかたねえと思って、あきらめた。どうしてもこっちが見たくなってさ。んだけど遅かったかな」

「まだ、これからです。開始の笛を吹いてませんから」

そう言って腹に提げた9の字型をした銀色のホイッスルをつまんで掲げてみせた。

「そしたら、よかった」と言って天野が無邪気な笑みを満面にたたえた。

うえのほうをずっと見ている沢井の視線を追って、修司も上方に目をやった。大観音の背中にくり抜かれた四角い小窓のあたりを見つめていると、そこから不意に片手が伸びてきた。白衣をまとったジョルダーニの手が大きく振られた。

「皆さん、準備ができました」と沢井が言った。「まもなく始まります。あの窓のほうにご注目を」

人々の顔がいっせいに仰向けになる。小窓から、今度は二本の手が突き出された。左右それぞれの手に、球が握られている。片方は灰色で鈍い光沢を帯びた球、もう片方は薄い黄土色をした球だったけれど、高所に小さな粒として現れた両者の違いはわずかしか見分けられなかった。沢井が解説を加える。

「ジョルダーニさんが二つの球を持っています。鉛の球と木の球です。大きさは同じですが、重さは鉛の球のほうがだいぶ上まわります。さあ、この二つを落としたらどうなるでしょうか」

修司が笛に手をかけると、近くにいた佐久間の声が聞こえた。

「これは鉛の球のほうがよっぽど、さきに来るんでねえか」

「わたしもね、そう思うの」と賛同したのは及川だった。「だけども同時だったらすごいわねえ」

見ていてくださいよ、と修司は思う。でも、ひょっとして……。

「高村君、合図を」とかたわらで沢井がささやいた。

修司は笛をくわえて、思い切り吹いた。甲高い音が鳴り響く。

二つの球が、解き放たれた。球がみるみる大きさを増しながら迫ってくる。鉛の球は重々しく、木の球は軽やかに見えたけれど、どちらも猛然たる速度を出していた。張り詰めた静寂のなか、観衆のまなざしが落下物へと集まっている。近づいてくるにつれ、鉛のくすんだ色と木の淡い色との対照が鮮明になってくる。鈍い音が響いて、二つの球を受けたマットがへこんだ。

ほぼ、同時だった。少なくとも修司の目視では、同じぐらいの着地に見えた。

低い歓声のあと、拍手が沸き起こった。かつてピサの斜塔のもとにつどった人々が目にしたといわれる伝説的な光景を、一同そろって見届けた。「傾いていても、いなくても、大観音がピサの斜塔に近づく日」――それが、この催しの名称だった。

修司はとなりの沢井と目配せを交わした。沢井が差し出した右手を、修司の右手が握り返した。

「これはいったい、どういうことだべ」と佐久間が言った。「大観音もピサの斜塔みたいなもんか。もう押したりしないで、そっとしておけばいいのかな」

「いや、そうでねえでば」と及川が応じた。「ピサの斜塔だって、誰かがちゃんと押し戻してやらねば」

そう聞いて、居合わせた瀬戸と片倉が笑った。

「わたしはがぜん、ピサに行ってみたくなりました」と張り切って言ったのは岩田だった。

そんな立ち話の続くなか、観客の人垣がほどけて散りはじめていた。修司は天野に目を向けて、

「きょうは、ありがとうございました」と声をかけた。「せっかく来ていただいたのに、あっという間でしたけど」

「いや、いいんだよ。ずいぶん久しぶりにここさ来た。やっぱり近くで見ると、ほんとに大きな娘っこだ。大役を果たしてくれたなあ」

と言って天野はかたわらの大観音を見上げてから、また修司のほうに向き直り、

「このあと、海のほうさ行く。こっちの娘のところまで来たら、もう一人の娘と、孫娘がいたところにも行ってやらねば……。あの子ら荒浜(あらはま)で暮らしてた。瓦礫のあいだを歩いてから、俺はもうずっと行ってねんだ。いまはどうなってるか。なんに

もなくなってるかなあ。海だけは、ずっと残ってるだろうけども……」

天野は小さく息を吐くと、かすかに笑みを浮かべて、

「それじゃあ」

と告げた。そしてきびすをめぐらし、歩き去ってゆく。その後ろ姿にまなざしを向ける修司の耳に、町内会の人々のにぎやかな談笑の声が聞こえていた。


休日に、修司は一人で海辺に出かけた。天野の話に触発されて、訪れたくなったのだ。曇り空のもと、修司の眼前に広漠とした土地の光景があった。

大学に入った年の夏にも、ここを訪れていた。そのとき同行した大内は、小学生のころに何度か来たことがあったという。このへんに民家が並んでいて、向こうには松林、それを越えると海水浴場があって……、と大内が指さしたさきには真新しいコンクリートの防潮堤があった。それは切り立った壁ではなく、なだらかな傾斜を成していて、そこに何かがあるというより、むしろ何もないという印象をもたらすものだった。その向こうに広がるはずの海さえも、すっかり覆い隠されて気配を消していた。

そしていま、修司はあらためてこの場所を歩いていた。雑草が青々と生い茂ると

ころと乾いた土がむき出しになったところが入り交じり、残存する松がかぼそい幹を伸ばして遠景にわずかばかり点在している。地面には、大小の四角形の組み合わされた建物の基礎や、敷き詰められたタイルが残り、人の暮らした跡をとどめている。災害の再来を避けるため、この地に家を再建することは禁じられていた。

陸のほうを向いて視線を少し遠くに走らせると、さえぎるもののない平坦な土地のさきに、横長で頑丈なかまえの四階建ての建物が見える。かつて、小学校だった。地震のあとで流れ込んできた黒い水は二階まで達したけれど、そのうえまでは来なかった。旧校舎は震災遺構として、そしていざというときのための避難場所として、そこに遺されていた。

道端に修司が突っ立っていると、見知らぬ老人が自転車を漕いで近づいてきて、すぐ近くで停まった。

「久則君かい？」

サドルに腰かけたまま、人なつこい笑顔をこちらに向けて、老人が言った。まばらな髪は真っ白で、口の周りの無精髭も白かった。

「えっ……」と修司は戸惑いの声を漏らした。

「なんだ、違ったか」

老人の率直な言葉を受けて、

「僕は、高村修司と申します」と名乗った。

「そりゃ失礼した。よその人？」

「はい、よそ者です」

「んだか。俺もいまではよそ者だよ。むかしはここさ住んでたんだけど。あんた、近所の子にいきなり似てたもんだからさ」

「久則君、ですか」

「んだ。避難所でもおとなりで、炊き出しの豚汁、俺の分まで取ってきてくれたっけ。あれからどうしたべ。生きてる人も、みんなあちこちに散ってしまって……」

修司は無言でうなずいた。

「久則君でなくて修司君か」

「はい」

「せっかくだから海辺の観音さんも拝んでってけろ」

「そうします」

老人はペダルを踏んで遠ざかっていった。後ろ姿を見送ってから、修司は老人のもと来た方向へと目を転じた。防潮堤の少し手前のところに、白い観音像の立ち姿があった。この土地からあらゆるものが奪い去られたのち、建てられたものだった。修司はそちらへ歩いていった。

観音像は台座も含めると、目のまえに立った修司の何倍もの高さがあった。左手に蓮の葉とつぼみを持ち、右手で衣の一端をつかんでいる。この観音像の頭のさきが、波の来たときの高さと同じぐらいなのだと、かつて一緒にここに立った大内から聞いたのを修司は思い出していた。身をもって、これほど高い波が来たと示してくれているのだ。観音像は海のほうを背にして、陸地を見守るように立っている。修司は目を閉じ、手を合わせた。

以前訪れたとき、防潮堤は立ち入り禁止になっていたけれど、いまはそうではなかった。なだらかな斜面に刻まれた階段を上がってゆく。てっぺんに出ると、砂浜のさきに、青く深い色の海が横たわっていた。曇り空にやわらげられた夏の日差しを受け止めながら、海は穏やかに波立っている。その光景を修司はじっと見つめていた。

花咲ヶ丘の天野の家で見た集合写真が思い浮かぶ。笑顔を見せていた娘の紗恵子と、ふくれっ面をしていた孫の由衣子。あの大きな地震が起こらず、黒い水のかたまりが押し寄せてこなかったならば、いまもこの地で元気に暮らしていたのではないか。そして修司はこの街に住みつくこともなく、天野と出会うこともなく、紗恵子と由衣子のこともまったく知らないまま、どこか別の場所で暮らしていたかもしれない。そうだったらよかったのに。無事でいてくれたらよかった。でも、それは起こってしまった。いま、少し近くまでやってきた。けれどこのさき、波のしたにまでは近づけない。あの集合写真を見つめていたときと同じく、修司は海のまえで手を合わせなかった。その代わり、深く頭を下げた。

丘に立つ大観音のまなざしは、ここまで届いているだろうか。ふと気になって振り返り、遠くに見える市街地のさらに向こうの山地に目をこらしてみた。手前のビルの陰に入っているのか、見つけられない。そう思ってあきらめかけたとき、おぼろにかすむ山の緑のなかに立つ、白く小さな姿が目に留まった。はるかかなたから、海辺の観音像を、そして修司のことをもそっと見守っているようだった。

八月の七夕まつりの時期に街なかへ出るのは、修司にとって久しぶりのことだった。この街で学生生活を始めた年は、もの珍しさもあって出かけたし、次の年も、見に行くものなのだろうと思って足を運んだ。けれど三年目になると、わざわざ人混みのなかに繰り出してゆくのがおっくうになった。そんなときに雑踏を一人でさまよい歩くのは、落ち合うべき織姫のいない彦星のようで、ことさら寂しい気もして出かけなかった。四年目も、その時期がきたなと思っただけでやり過ごしてしまった。そして五度目の七夕の季節がめぐってきていた。

職場を出ると修司は、バスに乗って街の中心部へ向かった。渋滞で時間がかかりそうな状況のもと、電車に乗りたい気分が高まってきて、実際に途中で乗り換えた。終点で改札口を出ると、混雑するなか、駅の構内を歩いてゆく。前方に、床面から高い天井まで届く巨大なステンドグラスが見える。青を基調に、赤紫や薄紫、黄色、黄緑などさまざまな色のガラスが組み合わされて、模様が織りなされている。描かれているものをあらためてよく見つめてみると、七夕の吹き流しが多彩な色調を帯びて連なっているのだった。左上の隅には、かつて仙台の地を治めた伊達政宗とおぼしき騎馬武者の姿も見られた。

ステンドグラスのまわりに人がたくさん立っていて、スマートフォンに目を落としたり、まわりを見まわしたりしている。めいめいここで誰かを待っているのだ。

「今度の七夕、よかったら一緒に行きませんか」

先日、修司は勤めからアパートに帰ってベッドのへりに腰かけ、沢井に向けてそんなメッセージをスマートフォンで打ち込んだ。書いては消してを繰り返し、最後に残った一文だった。しばし逡巡（しゅんじゅん）したすえ、思い切って送信した。夕食の準備をしようと台所に出ると、かすかな振動音が聞こえた気がしてあわてて戻った。

「声かけてくれてありがとう」

画面に表示されたその短い言葉を、修司は何度も読み返した。六日から八日までのうち、都合のいい日はありますか。そう打ち込んで返信しようとしたとき、またメッセージが届いた。

「でもごめん。ほかに一緒に行く人がいるんだ。むかし小さな駅で会いそびれた人。こないだ連絡があって、本当に久々に話をして、会えることになった」

しばらくじっと画面を見つめていた。そして打ち込んだ言葉を消した。向こうからのメッセージが続いた。

「日にちをずらしたら二人と行けるかなって一瞬考えた。でもそれは不誠実だと思った。だから、ごめん」

打ち込むべき言葉を探そうとしたけれど、頭のなかは真っ白なもやに包まれていた。かろうじて、一言。

「了解です！」

ありったけの元気を込めて、そう返信した。それからベッドに倒れ込んだ。

胸がいっぱいに詰まって、息が苦しいようだった。感情の渦に翻弄されつつ、落ち着けと心に言い聞かせる。えぐられるような痛みのなかに、ほのかにうれしさが入り交じっているのを感じた。電車のたどり着かなかった小さな駅で、沢井はずっと待ちつづけていたのだろうか。あるいは待っていることを忘れ、ときおり思い出し、ついに会えることになったのか。

沢井さん、よかったなあ。

ほとんど声にならないほどの声で、つぶやいた。あらためて、沢井のことを好きだと思った。好きだから、あきらめなくてはならない。きっとこれは途轍もなくちっぽけな苦しみにすぎないのだ。けれど自分の身に起こったことを受け止めて、ちゃんと苦しもうと思った。横たわったまま、静かに呼吸を続けていた。そのうち、電池が切れたように眠り込んでしまった。

ステンドグラスのまえで待ち合わせをする人々のかたわらを通り抜け、修司は駅を出た。夜の闇のなか、林立するビルの窓から漏れる明かりと、壁面や屋上の電飾看板がまばゆかった。

久しぶりに七夕に行ってみようかという思いがまずあって、それから沢井に声をかけたのだ。だから一人でも行く。一人の七夕をじっくりと噛みしめたい。強がりのように、そう心に言い聞かせていた。

駅前のペデストリアンデッキを歩いてゆき、階段をくだると、アーケード街に入った。花状の飾りをぎっしりとつけた大きな玉に、色とりどりの細長い和紙が筒の形をなして垂れ下がる。そんな七夕飾りが、頭上高いところからいくつも吊り下げられていた。吹き流しと呼ばれてはいるものの、風のないアーケードのなかで吹かれもせず、流されもせずに、しんとしている。動くのは人のほうだ。歩いてゆけば、それにつれて視界に次々と新しい吹き流しが現れる。吹き流しの末端は人の頭に触れるほどの高さにあったけれど、飾りの全貌を眺めようとすれば、顔を上方に傾けて歩くことになる。うえを向いた人々が行き交う、静かな祭りだった。修司はときおり沿道の店に目を向けたりしながらも、おおむねうえを向いて祭りの道を歩いた。

沢井たちがいつ足を運ぶのかはわからない。きのうだったか、あるいはあしたか、それともきょうか。あらかじめわかっていたら、修司はその日を避けたかもしれない。しかし、八年あまりにわたって沢井が待っていた和樹先輩というのはどんな人なのか。その姿を少しばかり垣間見てみたいという思いもなくはなかった。一方、自分がこうして一人で歩いているところを沢井に見られたくないという気もした。見つけたくて、見つかりたくない。そう思うと、なんだか落ち着かなかった。

視線をまえに向けたとき、浴衣姿の男女二人連れが歩いてくるのが目に留まった。男の浴衣は紺色に黒の縦縞模様で、女のほうは濃紺の地に朝顔の絵柄がちりばめられている。すれ違いかけたところで男と視線がかち合うと、

「どうも」と修司のほうから声をかけた。

まなざしのさきにいたのは、友人の大内だった。

「おう、高村」

「似合ってるよ浴衣、二人とも」

そう言うと、修司は初対面の女のほうと目が合って軽く会釈した。

「初めてだよ、こんなの」と大内が照れくさそうに言った。「なんか足元がスースーする」

修司は訊かれてもいないことだけれど報告しておこうと思い、

「俺は、誘ったけど駄目だった」と小声で言った。

大内は残念そうに黒縁眼鏡の奥で目をきつく閉じると、修司の肩をぽんと叩いて、

「また、飯食らべ」

「ありがとう。またね」

と修司は努めて軽やかな口ぶりで告げると、雑踏のなかを歩きだした。泣きたい

ような気持ちが込み上げてきて、本当に涙がこぼれたことに自分でも戸惑った。

アーケードを抜けると、目のまえに太い通りが横たわっていた。薄闇のなかに黄色いライト、赤いライトを光らせた車の列が、詰まり気味にゆるゆると進んでゆく。修司は立ち止まって信号を待った。このさきにまた、たくさんの吹き流しを抱えた次のアーケードが続いている。

引越をしようかな。そんな思いが胸のうちに湧いてくる。タンポポの咲き誇る、寂しいようで寂しくない街。もし、あの街にたった一人しか住民がいないのだとしたら、僕が二人目になろう。たたまれかけた街のたたまれていない部分を、少しだけ広げてみたい。

いま、不動産屋のまえを通りかかったならば足を止め、ガラス張りの前面にいくつも貼り出された物件の間取り図を眺めたい。もちろん、そこに花咲ヶ丘の物件が出ているはずもないだろうけれど。引越をするのだという気分が修司のなかで盛り上がりだしていた。一戸建てに一人で暮らすとなると、部屋を持て余しそうに思えたものの、現在暮らしているアパートよりも安く借りられるのだとしたら、ありがたいことだ。まずは天野に相談してみようかと修司は思った。

信号が青になった。太い通りのこちら側とあちら側から、横断歩道のうえに人があふれ出す。修司も人の流れに加わって、渡りはじめた。

＊

さかんに降りかかる雨が、視界をうすら白い筋で覆い尽くしている。街の夜景どころか目のまえの闇さえ見ることができねっちゃ。風が激しく吹き荒れている。秋の夜だった。強烈な台風のただなかに、わたしはなすすべもなく取り残されていたんださ。

踏ん張ることが、できっかや。もう、いいんでねえべか。ほいな弱気がじわじわと、心ににじみ広がっていく。

あるともねえともいえね傾きば持ちこたえながら、どうにかずっと丘のうえさ立ちつづけてきた。いま、暴風が背中を激しく押してるっちゃ。

これまでに何度となく懸命に、足元の竜の牙を通じてわたしを押し戻そうとしていた町内会の人たちのことが、心に浮かぶ。ほっといたら倒れてしまわねか。あの人たちはそうやって気にかけてくれていた。

その心配は正しかったのかもしれねっちゃ。わたしが倒れることで、正しさが証明されっぺし。わたしとあの人たちは、支え合っていたんだべか。倒れっちまえば、支えることも支えられることも、できねくなってしまう。なんとか踏みとどまれねかと思うんだけども、揺らぎだしつつある体をどうすることもできねのさ。皆さん、いままでありがとう。そう伝えたかった。

いまや、まわりに誰もいねのがせめてもの救いだ。わたしの下敷きになる人を出したくねんださ。

風がますます強くなってきた。雨が冷たく感じられる。わたしは覚悟を決めたんだ。それでは、さようなら……。体がゆっくりと傾きば増していく。

倒れる。

そう思ったときだった。わたしの額に、何かが触れたっちゃ。戸惑いを覚えつつ、目をこらしてみた。雨は相変わらず激しく体を打っていた。んだけど、視界をさえぎる無数の雨の筋に代わって、目のまえには闇があったっちゃ。その闇がわずかに薄らいで、灰色の濃淡が現れてきた。雨音に交じって、

「わたしですよ」と穏やかな声が聞こえたんだ。

顔が、見えてきた。額と額が触れ合ってるんだと気がついた。

「あなたの苦境を思って、いても立ってもいられなくなったんです。牛久から飛ん

できました」

「大仏様……」

自分の言葉を口のなかで確かめるように、わたしは小声でつぶやいた。目のまえに、大仏様の目。この厳しい台風のなかにあるとは思えねほど、大仏様のまなざしはやわらかだった。

「本当に、飛んできたんですか」

驚きと恥じらいの入り交じった心地で、わたしは尋ねたっちゃ。

「ええ」

大仏様はそう答えっと、額で額をそっと押してきた。わたしはどぎまぎしながら、

「わたし、故障中なんです」と口走ってたっけ。「飛ぶことができません」

大仏様の額に押されて、わたしの体が垂直に近づいていく。穏やかなまなざしを受けて、心にかすかな安らぎがきざし、徐々に広がっていくようだった。

「わたしだって、どうして飛ぶことができたのか、わからない」と大仏様が言ったっちゃ。「わたしこそ、故障しているのかもしれません」

大仏様の手が、わたしの背中にそっとまわされた。唇と唇が、もう少しで触れ合うほど近くにあった。雨が体を打ちつづけている。んだけど雨水の冷たさを、わた

しは感じねくなってたんださ。

*

薄手のカーテンを透かして、明け方の光がほのかに室内へ染み入ってきていた。修司はベッドのなかにとどまったまま、そとの音に耳を澄ました。寝床に入ったときにはあれほど激しかった雨音が、いまは聞こえてきていない。猛威を振るった大型の台風は、すでに通り抜けていったようだ。

倒れそうになっていた。大観音の声。頭のなかに、かすかな記憶の感触が残る。胸騒ぎを覚えて、修司は上体を起こした。ベッドから下りると、そばにあった段ボール箱のなかをかき混ぜるようにしながら、着るべき服を抜き出していった。一週間まえに越してきたばかりで、まだ片づけが進んでいない。

いつもの日曜日なら、もっと遅くに起き出してパジャマ姿のままで朝食の支度をするところだった。けれども修司は着替えを終えると階段をくだり、玄関から家を出た。振り返ると、喫茶店用に作られた薄暗い空間が、ガラスの向こうに見える。近いうちに手頃なテーブルと椅子を買って、あの空間に置くつもりでいた。開業しようなどとは考えていない。これからは自分でいれたコーヒーを飲みつつ、喫茶店めいた場所にいくらでも居座ることができるのだ。

　カウンターの内側には、手動のコーヒーミルが置いてある。引越の日にあいさつに行ったとき、天野が渡してくれたのだ。もとの場所さ帰りたがってる、と言って天野は笑った。帰ってきたコーヒーミルで、早く豆を挽きたい、と修司は思っていた。きょうあたり、やってみるつもりだった。

　群がり生えたタンポポのはざまの道を、足早に進んでゆく。東の空に赤みが差して、上空は薄明のなかにあった。わずかな光が、野原に色彩をもたらしていた。暗いあいだは閉じているタンポポの花が、さきのほうに少しずつ黄色い明かりをともしている。修司はふと立ち止まり、アスファルトの割れ目に生えたタンポポのまえにしゃがみ込む。すぼまった花弁のうえに小さな水滴が載っていた。

　秋なのに花ひらこうとするタンポポたち。セイヨウタンポポなのか雑種なのか、ものによっては秋にだって咲くのだと、天野から聞いていた。けれど、この光景を修司はどこか不思議なもののように感じていた。存在しないはずの街にさまよい込み、タンポポたちとともに、ついにはここの住人になってしまった。ありもしないショッピングモールで買い物をすることはできないし、走ってもいないモノレールに乗ることもできない。この国の経済が目覚ましい再興を遂げ、人口がみるみる増加してゆき、この打ち捨てられたニュータウンがあらためて脚光を浴び、目覚ましい勢いで再開発が始まる、などということはけっしてないだろう。それに似た時代がかつてあったのだとしても、それこそが夢か幻のように修司には感じられる。タンポポのように静かに、しなやかに、そしてしぶとく生き延びてゆけばいいのではないか。ここは不便ではあるけれど、空気が澄んでいて、いいところだと修司は思う。

立ち上がって斜め後ろに目をやると、クリーム色の壁にオレンジ色の洋瓦の天野家が遠目に見えた。家ごと深く眠り込んでいるかのようだった。

舗装された道路を抜けて森のなかへ入り、土の道をのぼりだす。ところどころにできた小さな水たまりをよけながら、急ぎ足に歩いていった。鳥たちのさえずりが聞こえてくる。

森を抜けて、花々の咲く高台の広場に出た。まだ目覚めていないタンポポに入り交じって、白やピンクのコスモス、真っ赤なサルビアなどが咲き、青紫のリンドウのつぼみがふくらんでいる。花から花へ、定まらぬ軌跡を描いて飛ぶチョウたちの姿もあった。

花園のまんなかをつらぬく草の少ない小道を踏んでゆく。一歩ごとに、湿った土に軽く足がめり込む感触があった。

崖のふちまで来て、修司は足を止めた。空がだいだい色に染まっている。夜明けの光に包まれて、大観音がこちらに横顔を向け、遠くのほうに一人ぽつんと立っていた。大観音を目視する。……おやっ？　修司はとっさに右手の人差し指を宙に突き出す。遠近法の助けを借りて、大観音の額に指先を当てた。押し戻したつもりだった。修司は微笑み、手を下ろした。

立ち尽くすうちに空の赤みが薄れて、淡い青さに変わってゆく。修司はふと、空腹を覚えた。振り返ると、もと来たほうへと花園のなかを引き返していった。

『河北新報』二〇二四年四月七日～九月二九日、
毎週日曜朝刊に連載

カバー写真＋ブックデザイン　鈴木成一デザイン室

山野辺太郎

一九七五年、福島県生まれ。宮城県育ち。東京大学文学部独文科卒業、同大学大学院修士課程修了。二〇一八年「いつか深い穴に落ちるまで」で第55回文藝賞を受賞。他の著作に『孤島の飛来人』『こんとんの居場所』『恐竜時代が終わらない』がある。

大観音の傾き

二〇二四年一二月一〇日　初版発行

著者　山野辺太郎
発行者　安部順一
発行所　中央公論新社
〒一〇〇-八一五二　東京都千代田区大手町一-七-一
電話　販売〇三-五二九九-一七三〇
　　　編集〇三-五二九九-一七四〇
https://www.chuko.co.jp/

DTP　嵐下英治
印刷　TOPPANクロレ
製本　大口製本印刷

Published by CHUOKORON-SHINSHA, INC
Printed in Japan　ISBN978-4-12-005860-8 C0093

既刊より

孤島の飛来人

山野辺太郎＝著

人はなぜ飛ぼうとするのか、そして飛ぼうとしないのか？ 仕事で空を飛んで、この島にやってきた「僕」に、人生2度目の決行のときが近づく。文藝賞受賞第1作に、書き下ろし「孤島をめぐる本と旅」を収録。

中央公論新社刊